Harlequin

fête l'été à sa manière :
avec le retour du soleil,
il change d'habits,
pour se parer de couleurs plus gaies,
d'images plus harmonieuses.

Mais son cœur n'a pas changé,
et vous retrouverez dans
SÉRIE CLUB
les héroïnes dynamiques,
les paysages colorés,
les aventures sans cesse renouvelées
que vous aimez tant.

Plus que jamais, Harlequin
a la couleur de vos rêves.

Une étoile égarée

Charlotte Lamb

HARLEQUIN

Cet ouvrage a été publié en langue anglaise sous le titre :

STAR-CROSSED

53, avenue Victor-Hugo, Paris XVIe – Tél. 500.65.00
ISBN 2-280-01264-2
ISSN 0223-3797

1

Lorsque Laura pénétra dans les bureaux de son imprésario, la salle d'attente était déjà bondée. La réceptionniste, une petite femme blonde très maquillée, moulée dans une robe noire, ne leva même pas les yeux de son dossier. D'un geste nonchalant, elle se contenta de lui indiquer un siège.

– Asseyez-vous...

Laura ne bougea pas.

Au bout d'un moment, la secrétaire redressa la tête et examina d'un air hautain la frêle silhouette vêtue d'un pantalon et d'un blouson en jean.

– Asseyez-vous! répéta-t-elle sur un ton abrupt.

Laura avait l'habitude d'être traitée avec cette désinvolture. Les gens se souvenaient rarement de son visage, qui, sans être banal, ne frappait pas par une beauté extraordinaire. Pourtant, grâce à la mobilité de ses traits, à leur plasticité, elle était devenue une jeune vedette pleine de talent, à l'avenir prometteur. Elle savait merveilleusement bien exprimer n'importe quelle nuance de sentiment et les émotions les plus subtiles... N'étant pas d'un naturel arrogant, Laura ne se formalisa pas de l'attitude de la jeune femme et conserva sa politesse coutumière.

– Je suis Laura Graham, annonça-t-elle gentiment. J'ai un rendez-vous avec M. Bishop...

L'employée sursauta, et bondit aussitôt sur ses pieds, écarlate et horrifiée.

– Pardonnez-moi, miss Graham... je suis tellement désolée... bredouilla-t-elle. Si vous voulez bien me suivre, M. Bishop vous attend.

Les spectateurs involontaires de cette scène observèrent avec un sourire amusé la mine déconfite de la réceptionniste, qui les avait tous accueillis avec une suffisance tout à fait désagréable. Aussi étaient-ils ravis de ce renversement des rôles...

Les pieds négligemment posés sur son bureau, Jimmy Bishop était en train de lire la presse quotidienne quand Laura entra dans la pièce. Ce petit homme chauve, démonstratif, se leva avec empressement pour la saluer, les bras tendus. Ils s'embrassèrent affectueusement, puis Laura demanda d'une voix chaleureuse :

– Comment allez-vous, Jimmy? Vous avez l'air en pleine forme...

Le tempérament exubérant et expansif de Jimmy lui valait une popularité inégalée dans le monde du théâtre. Il connaissait Laura depuis sa première année à l'école d'art dramatique, et la jeune fille lui avait toujours été infiniment reconnaissante de sa gentillesse et de son aide précieuse. Dès le début, il avait cru en cette frêle adolescente encore gauche et timide, mais il avait fallu attendre dix ans pour que ses espoirs et ses prédictions se réalisent. Il avait toujours conservé la même attitude à son égard, paternelle et protectrice, mêlée d'un brin de fierté.

– Vous êtes superbe, petite Laura. Votre séjour aux États-Unis semble vous avoir réussi. Vous êtes toujours aussi éblouissante.

Il lui prit le menton dans la main et l'observa attentivement, de ses petits yeux noirs, vifs et perçants.

– Regardez-moi... Hum... Votre beau regard gris est

encore mélancolique... L'avez-vous revu, en Amérique?

Laura se dégagea prestement et détourna son joli minois en forme de cœur. Jimmy continua à la contempler, la grâce et l'économie de ses mouvements l'émerveillaient toujours autant. Très peu de gestes lui suffisaient pour exprimer une foule de choses, et par un simple haussement d'épaules, ou une mimique apparemment insignifiante, elle savait émouvoir les spectateurs jusqu'aux larmes, ou au contraire, déchaîner leurs rires.

Par la fenêtre, Laura étudia pensivement le ciel gris, et le dessin inextricable de la ligne des toits sur laquelle se détachait çà et là la flèche d'un clocher pointu. Dans la rue, six étages plus bas, les badauds se pressaient sur les trottoirs encombrés par les marchands de hot-dogs et les petits vendeurs ambulants. Comme tout cela lui avait manqué, aux États-Unis! Autant que les vertes prairies de la campagne anglaise et les villages pittoresques avec leurs cottages aux toitures de chaume.

– Je ne voulais pas vous froisser, pardonnez-moi, reprit Jimmy. Mais le monde est petit, surtout à Londres, et tôt ou tard, vous rencontrerez forcément Robert. D'ailleurs, je suis également son impresario, ne l'oubliez pas.

Elle fit volte-face, une expression taquine et malicieuse sur ses traits.

– Notre mariage n'aura pas duré un jour. Nous n'avons même pas eu notre nuit de noces.

Aucune émotion ne perça dans sa voix, lorsqu'elle ajouta :

– Robert obtiendra facilement une annulation. Quant à moi, je n'ai pas eu le temps de m'occuper des démarches légales et administratives.

Ses épaules se voûtèrent, comme sous le poids d'une trop grande douleur, ou d'une désillusion.

– Mon voyage aux États-Unis ne m'en a pas laissé le loisir, poursuivit-elle. Et je comptais sans doute sur Robert pour en prendre l'initiative. Après tout, c'est à lui de s'en charger, puisque c'est moi qui l'ai quitté.

– Que s'est-il passé, petite?

Laura grimaça une moue désabusée.

– Est-ce vraiment important? Robert m'a jeté de la poudre aux yeux... J'avais cru découvrir un trésor, mais c'était de la pacotille, du toc!

– C'est bien dommage...

Jimmy contempla un instant les piles de papiers éparpillés sur son bureau, puis changea de sujet.

– Enfin, je suis bien content de votre succès outre-atlantique. Les critiques excellentes m'ont rempli de fierté. Et ce film? L'expérience vous a plu? Ce sera un triomphe. On en parle déjà beaucoup dans les milieux bien informés. Vous y êtes prodigieuse, m'a-t-on dit.

Laura éclata de son petit rire si particulier, limpide et pétillant.

– Oh, Jimmy, je me suis vraiment beaucoup amusée, à ce tournage! Pourtant, je partais dans de très mauvaises dispositions. Je pensais m'ennuyer mortellement. On raconte tant de choses, sur le monde du cinéma : la jalousie et la médisance entre acteurs, les interminables séances de maquillage, les prises de vue innombrables pour une seule scène... J'étais morte d'appréhension, le premier jour. Mais tout s'est passé merveilleusement bien, dès l'instant où j'ai posé le pied sur le plateau. Le metteur en scène, mes camarades de travail... toute l'équipe m'a accueillie chaleureusement. L'ambiance était très amicale et bon enfant.

Une lueur joyeuse brillait dans ses yeux aux reflets changeants, tantôt gris, tantôt bleus, comme maintenant, et un sourire se peignit sur sa bouche généreuse, au dessin délicat.

– Vous attirez spontanément la sympathie, Laura...

– J'étais très inquiète, en revenant. Je ne suis pas

superstitieuse, mais après une période aussi faste, il va sûrement m'arriver une catastrophe! La chance ne dure pas, c'est bien connu. Y a-t-il des engagements en perspective?

Jimmy se rassit, et posa les mains à plat sur ses dossiers.

– Eh bien... commença-t-il avec réticence.

– Ce ton ne présage rien de bon, je m'en doutais...

– J'ai un contrat pour vous, continua-t-il après une hésitation.

– Laissez-moi deviner! lança-t-elle avec une légèreté ironique. Un sketch publicitaire pour la télévision? De la figuration dans une comédie musicale? Ou mieux : porteur de lance dans *Henry V!*

– Premier rôle féminin dans unc saison théâtrale consacrée à Bernard Shaw, annonça Jimmy simplement.

Elle s'immobilisa et le regarda en écarquillant de grands yeux incrédules.

– Une saison entière?

– « César et Cléopâtre », « Le disciple du diable », « Homme et surhomme »... énuméra l'impresario tout en évitant son regard d'un air gêné.

– Que se cache-t-il là-dessous?

– Vous partageriez la vedette avec Robert, déclara-t-il prudemment, s'attendant de toute évidence à déchaîner une explosion de colère.

- De qui est cette idée brillante?

Elle avait pâli, mais subitement ses joues s'empourprèrent.

D'ailleurs, ma question est superflue, poursuivit-elle. Le choix des pièces parle de lui-même... Et il compte sur mon accord? C'est incroyable! Comment ose-t-il m'infliger cet affront! Donnez-moi ce téléphone, Jimmy. Je vais appeler tout de suite ce Robert Davies pour lui dire ce que je pense de lui. Oh... comment ai-je pu me croire amoureuse de cet individu? Je l'étranglerais avec plaisir...

– C'est vraiment dommage, soupira Jimmy. Avec vos deux noms à l'affiche, le succès serait assuré... En fait, ce serait un triomphe; vous êtes tellement populaires, et...

D'une voix sardonique, Laura acheva à sa place :

– Le scandale de nos relations tapageuses et de notre mariage précipité nous ferait une excellente publicité!

– Réfléchissez-bien... insista l'agent artistique, un peu mal à l'aise.

Elle abandonna son air menaçant et féroce, se rassit, plus détendue. Jimmy en profita pour la noyer sous un flot de paroles, et lui fournir tous les détails concernant ce projet. A son avis, c'était une entreprise de grande envergure, qu'il fallait absolument tenter, une occasion unique à ne pas manquer. Laura avait maintenant acquis assez d'expérience pour se lancer sans risque dans cette aventure, et Robert Davies, naturellement, était un spécialiste du théâtre de Shaw. A eux deux, ils créeraient un événement inoubliable...

Jimmy regrettait beaucoup la mauvaise tournure qu'avaient prise les relations de Laura et Robert. Ils s'étaient rencontrés par son intermédiaire, deux ans auparavant, à une soirée. Puis ils avaient tourné ensemble une pièce pour la télévision et étaient tout de suite tombés éperdument amoureux. Trois semaines plus tard, ils se mariaient dans l'intimité, à la mairie d'une petite ville de province, sans tapage ni publicité. La jeune fille aurait préféré une cérémonie religieuse, mais Robert l'en avait dissuadée; n'allant lui-même jamais à l'église, il jugeait hypocrite de se plier à la coutume par pur souci des conventions. Laura avait d'ailleurs cédé de bonne grâce. Complètement éblouie, elle l'adorait.

Jusqu'alors, sa carrière professionnelle avait dominé sa vie. Ses brèves aventures sentimentales avaient été de simples flirts sans importance. En fait, avant Robert, personne n'avait jamais compté dans sa vie, et la révélation de l'amour la bouleversa profondément.

Un peu inquiet pour sa protégée, Jimmy avait suivi de près le déroulement de cette histoire. Il connaissait bien Robert et les effets de son charme dévastateur. Combien de cœurs avait-il déjà brisés! Mais Laura était différente... Tellement plus grave et réfléchie que ses petites amies habituelles...

L'un des rares invités au mariage en dehors de la famille, Jimmy n'avait rien compris au revirement brutal de Laura. La jeune mariée radieuse, éperdue de bonheur, avait subitement disparu, abandonnant Robert, fou de rage, au beau milieu de la fête, pour des raisons demeurées mystérieuses.

Quelques jours plus tard, l'impresario avait reçu des nouvelles de la comédienne. Elle avait pris l'avion pour les États-Unis, où elle jouait dans un théâtre de Broadway une nouvelle version d'un de ses meilleurs succès. Originellement, elle avait refusé ce contrat, mais elle avait changé d'avis, expliquait-elle calmement dans sa lettre.

Jimmy avait bien sûr surveillé avec intérêt sa carrière outre-atlantique, et s'était réjoui de son succès.

Une fois passées la fureur et la stupéfaction du moment, Robert était devenu très distant et taciturne. Après une période de plusieurs mois, il se rendit en Amérique, mais garda secrètes les intentions de ce voyage. Jimmy, qui avait vaguement essayé d'en discuter avec lui mais en vain, n'avait pas trop insisté.

La trentaine, sûr de lui, parfois même jusqu'à l'arrogance, Robert Davies en imposait, et son autorité naturelle ne supportait généralement pas la contradiction. Ses relations avec Laura intriguaient beaucoup leur agent artistique. Mais à en juger par la mine obstinée de la jeune fille, il n'obtiendrait aujourd'hui aucun éclaircissement sur cette histoire...

Laura l'avait écouté d'un air absent, en tournant et retournant le problème dans sa tête. Shaw était l'un de ses auteurs favoris; elle adorait ses pièces. Évidemment, Robert ne l'ignorait pas et en avait tiré parti. Ils avaient passé des heures, ensemble, à parler de théâtre...

Le souvenir d'une promenade dans le Sussex, par une belle journée d'été, traversa soudain sa mémoire. Ils s'étaient étendus au soleil, sur l'herbe tendre. Là, elle lui avait avoué son ambition la plus chère : jouer les héroïnes de Shaw. Bien que préférant Ibsen, Robert avait approuvé, car c'était incontestablement une des gloires de la dramaturgie anglaise.

Laura n'avait pas oublié les traits de son visage, austères et méditatifs, un peu mélancoliques même. Dans quels troubles la jetaient ses yeux sombres, si fascinants!

Croisant tout à coup le regard de Jimmy, elle rougit et s'excusa.

– Je suis désolée... Que disiez-vous?

L'impresario continua courageusement sa plaidoirie, et tâcha par tous les moyens de la convaincre, en lui présentant les multiples avantages de la situation.

– D'accord! lança-t-elle finalement, d'une voix très calme.

– Comment?

Jimmy avait peur d'avoir mal entendu...

– J'accepte cet engagement.

Il en resta coi, et ouvrit plusieurs fois la bouche sans parvenir à proférer un son.

Lorsque Robert s'était rendu aux États-Unis, c'était naturellement dans l'intention de rencontrer Laura, mais elle s'était dérobée avec une obstination farouche. Ils ne s'étaient donc pas revus depuis le jour de leur mariage, s'aperçut subitement la jeune fille en pénétrant dans le hall du *New Horizon Theatre*, en cette froide et pluvieuse journée d'automne. L'épreuve serait rude... Instinctivement, elle se raidit et redressa fièrement la tête en observant son mari sur la scène, depuis les coulisses.

Une main sur la hanche, il discutait avec des techniciens, tout en montrant du doigt le dernier balcon. Son profil fin et racé se détachait dans un halo de lumière pâle; vêtu d'un simple jean et d'un chandail à col roulé, il paraissait pourtant très élégant, malgré cette tenue décontractée, et terriblement séduisant.

Il avait changé... Ses pommettes semblaient plus saillantes, le pli de sa bouche plus amer, ses yeux s'étaient durcis... Mais peut-être le voyait-elle maintenant sous son véritable jour, cynique et désabusé...

Puis il la vit. Elle demeura un instant abasourdie par l'expression qui se peignit sur son visage, l'espace d'un éclair. Mais elle avait dû être abusée par l'éclairage trompeur...

Il s'approcha nonchalamment, et s'inclina devant elle d'un air moqueur, cérémonieusement.

– Ma chère femme...

Lorsqu'il releva la tête, leurs regards se croisèrent, incertains.

– Tu es donc revenue! Quel miracle!

– J'ai signé un contrat, rectifia-t-elle sèchement.

– Tiendras-tu ton engagement jusqu'au bout, cette fois-ci? l'attaqua-t-il aussitôt, sur un ton sarcastique. Les signatures et les promesses ne semblent guère t'embarrasser!

– Dans le cas présent, je veillerai à ne pas commettre d'imprudence. Une rupture de contrat entraînerait des conséquences financières désastreuses...

– Certes, acquiesça-t-il avec un sourire aigre-doux. J'ai pris soin d'inclure cette clause pour t'empêcher de fuir tes obligations devant la loi. Je me méfie de toi, à présent...

– Si tu fais allusion à notre mariage, rien ne t'empêche d'introduire un recours en justice, répliqua-t-elle d'une voix mielleuse.

– Je n'aime pas les hommes de loi. Je m'adresse à eux uniquement quand je n'ai plus d'alternative.

Gênée par son regard scrutateur, Laura se détourna.

– Si nous allions discuter dans le bureau? proposa-t-elle.

Robert avait déjà choisi sa troupe; les commanditaires avaient versé les fonds nécessaires, et un rendez-vous était pris pour la première répétition dans huit jours, mais Laura tenait beaucoup à donner son avis sur la distribution. Après tout, sa carrière était en jeu dans cette saison théâtrale, aussi avait-elle le droit de s'assurer du sérieux de l'entreprise. Trop de productions avaient été gâchées par de stupides négligences ou de mesquins soucis d'économies. On mettait un nom célèbre en tête d'affiche, et des acteurs médiocres et inconnus au-dessous... Laura serait très stricte sur ce point : il n'était pas question de jouer avec des gens incompétents. Elle respectait trop son métier pour cela.

Elle parcourut rapidement la liste des yeux. La plupart des comédiens lui étaient connus; elle avait même joué avec plusieurs d'entre eux.

– Qui est-ce? demanda-t-elle soudain en butant sur un nom. Je n'ai jamais entendu parler de cette Félicity. Une amie à toi, peut-être?

– Elle a énormément de talent, railla-t-il.

– Je ne doute pas de ses innombrables qualités, lança-t-elle avec mépris. Mais est-elle vraiment une bonne actrice?

– Ce n'est pas Sarah Bernhardt, mais elle joue à merveille les rôles d'ingénues. Elle sera parfaite.

– Sûrement!

Son insolence agressive fit naître un sourire sur les lèvres de Robert.

– Serais-tu jalouse, Laura?

Elle rougit violemment et lui jeta un regard meurtrier.

– Absolument pas! protesta-t-elle vivement. Ta suffisance me stupéfie!

Il renversa la tête et éclata d'un rire retentissant. Cependant, sans se laisser démonter, Laura ajouta froidement :

– En tout cas, Robert, à l'avenir, je ne t'autoriserai plus ces attaques intempestives et personnelles. Nous sommes désormais deux acteurs de la même troupe, ni plus ni moins.

– C'est insensé! grogna-t-il méchamment.

– Pourtant, il n'en sera pas autrement. Et rappelle-toi bien une chose : nous serons en représentation tous les deux, non seulement sur scène, mais aussi dans les coulisses. Car inévitablement, tout le monde nous témoignera de la curiosité. N'alimentons pas les commérages, par pitié; j'ai horreur des ragots.

Elle se leva et alla se planter près de la fenêtre. Pour se donner du courage et de l'assurance, elle avait aujourd'hui apporté un soin particulier à sa toilette. Robert contempla attentivement le visage fin et délicat sous la masse des cheveux bruns, puis la silhouette si frêle qu'amincissait encore le tailleur en velours bleu marine.

Tu parais si douce et féminine, murmura-t-il. Tu caches bien ta nature intransigeante et obstinée! Tu es plus têtue qu'une mule! Tu m'as bien dupé sur ton compte!

Tu te trompes, Robert. C'est moi qui ai été abusée pas toi! rectifia-t-elle d'une voix glaciale.

Je croyais épouser un être humain, une jeune fille douce et aimante, compréhensive, pas une puritaine du XIXe siècle, aux principes moraux dépassés, qui ne veut rien pardonner, ni oublier!

Oh, j'ai tout oublié! Je ne songe déjà plus à cette histoire, je t'assure.

Il poussa un juron entre ses dents. Prête à partir, Laura lança, depuis le seuil :

– Tu peux très bien divorcer; vois ton avocat.

– Je te conseille de ne pas arriver en retard aux répétitions, maugréa-t-il, furieux. Tu es à la même enseigne que le reste de la troupe. A demain, 9 heures et demie précises. Au fait, c'est moi le metteur en scène, ajouta-t-il avec un sourire narquois.

Elle s'immobilisa.

– Comment? Ce n'était pas inscrit dans les clauses du contrat...

– Cette charge revenait en effet à Sandy Mac, mais il est cloué au lit avec un lumbago, et on m'a pressenti pour le remplacer, jusqu'à son retour.

Cette nouvelle déplut fortement à Laura, car Robert se trouvait maintenant en position de force par rapport à elle... D'ailleurs, lui racontait-il la vérité? N'avait-il pas manigancé lui-même ce complot?

La lueur ironique qu'elle décela dans ses yeux gris confirma ses soupçons. Mon Dieu, quel charme irrésistible émanait de cet homme! Son sourire l'émouvait malgré elle.

– Chérie, murmura-t-il, je te promets de te traiter avec les plus grands égards. Honnêtement.

Son regard enjôleur et faussement innocent la mit en rage. Brusquement, elle se retourna et partit en claquant la porte. Les joues cramoisies, elle entendit le rire sardonique de Robert résonner à ses oreilles et faillit rentrer à nouveau dans le bureau, mais son amour-propre la retint. Elle quitta le théâtre discrètement pour regagner sous la bruine triste et grise son petit appartement de Hampstead.

Elle demeurait au rez-de-chaussée d'une très belle demeure du XVIIIe siècle, où une véranda fort agréable donnait sur un jardin entouré de hauts murs de brique, à l'abri des regards. Laura avait dû se reloger en hâte, à son retour des États-Unis, car son pied-à-terre londonien avait été reloué juste avant son mariage, et toutes ses affaires étaient au garde-meuble.

Elle avait seulement deux pièces, mais s'y plaisait bien. Elle avait aménagé un coin repas au fond du salon et décoré l'ensemble dans un style contemporain, avec des meubles pratiques et confortables, aux lignes très pures, une moquette d'un grenat audacieux, et un tissu d'ameublement blanc, comme la tapisserie.

La jeune fille passa le reste de la journée à se reposer tranquillement, et à savourer ces agréables instants de détente. Elle avait mené une vie tellement mouvementée, ces derniers temps! Après un bref séjour chez ses parents, elle avait couru les magasins pour renouveler sa garde-robe d'hiver et meubler son appartement, et repris contact avec ses amis et ses relations, un peu perdus de vue pendant ces longs mois d'absence.

Un de ses premiers coups de téléphone avait été pour Emily Turner, son habilleuse. Par chance, elle n'avait pas encore de travail pour la saison prochaine et avait immédiatement accepté de reprendre son poste auprès de Laura, au *New Horizon*. Replette et avenante, d'humeur toujours joyeuse, elle était d'une serviabilité à toute épreuve.

– Trois pièces en costumes d'époque! s'était-elle écriée, ravie. Je serai à mon affaire!

– Cela ne vous ennuie pas de travailler pour M. Davies, j'espère? avait demandé Laura d'une voix hésitante.

Le sourire d'Emily s'était évanoui sur-le-champ.

– Je suis bien obligée de faire contre mauvaise fortune bon cœur, n'est-ce pas? On ne choisit malheureusement pas ses employeurs.

– Je ne voudrais pas vous mettre dans une position inconfortable, Emily, ni vous causer de la peine...

– C'est à lui de se sentir embarrassé, pas à moi, avait

répliqué l'habilleuse d'un air sombre. Mais il est tellement coriace et insensible! Il ne remarquera même pas ma présence!

Allongée sur son sofa blanc, dans sa robe d'intérieur en soie bleu marine, Laura se demandait maintenant si elle avait pris une décision très sage en rappelant Emily à son service.

Le monde du spectacle était si particulier... Le moindre incident prenait des allures de catastrophe, car les artistes possédaient souvent une sensibilité exacerbée, et étaient extrêmement vulnérables. En ramenant Emily avec elle dans son univers, Laura lançait une véritable bombe à retardement.

Pourquoi avait-elle agi ainsi? Par méchanceté? Ou désir de vengeance? Plus simplement, peut-être, en souvenir du bon vieux temps, et par gratitude envers Emily, qui lui avait témoigné une affection dévouée.

De toute façon, Robert ne craignait pas grand-chose. Il était assez grand pour se défendre et semblait d'ailleurs inaccessible au remords.

Un coup de sonnette impératif fit soudain sursauter Laura. Qui donc lui rendait visite à cette heure tardive? Elle se dirigea vers le vestibule et entrouvrit prudemment la porte, en laissant la chaîne de sécurité.

Robert!

Je veux te parler, déclara-t-il sur un ton sinistre et alarmant.

Maintenant? Il est bien tard!

Laura, ouvre cette porte, et cesse de te conduire en jeune fille effarouchée! Je ne vais pas attenter à ta pudeur!

Ne sois pas ridicule! Et ne cric pas, je t'en prie, lança-t-elle sèchement en le laissant entrer.

Dans le salon, il inspecta le décor avec un haussement de sourcils sardonique.

– On se croirait sur la couverture d'un magazine de mode, railla-t-il. J'imagine très bien un grand article intitulé « Miss Laura Graham dans son intérieur », accompagné de magnifiques photographies en couleur.

– Tu n'es pas venu ici pour discuter de l'aménagement de mon nouvel appartement, je présume?

– Non, effectivement. Que fait Emily Turner dans ta loge? questionna-t-il furieusement.

– Elle range mes affaires, je suppose. C'est mon habilleuse.

– Je ne veux pas d'elle dans mon théâtre, ordonna-t-il d'une voix cinglante.

– Tu n'as pas ton mot à dire sur la question. Je ne peux me passer d'elle.

– Tu es complètement folle! Cette femme me déteste, tu le sais. Que cherches-tu? A semer la discorde? A saboter mon travail?

– Emily est tout à fait capable de ne pas mélanger sa vie professionnelle et ses problèmes personnels.

– Elle est obsédée par le drame de sa sœur, hurla-t-il soudain, fou de rage. Tu ne comprends donc pas? C'est une malade, une déséquilibrée.

Elle lui lança un regard méprisant.

– Oh non, Robert, Emily est parfaitement saine d'esprit. Elle te hait, j'en conviens, mais non sans raison. C'est même une réaction normale, après ce qui est arrivé.

– Vraiment? répliqua-t-il d'un air absent.

Ses yeux gris errèrent un instant sur la peau nacrée du décolleté de Laura et ce regard la mit subitement affreusement mal à l'aise. Des souvenirs inopportuns l'assaillirent par surprise. Brusquement, les battements de son cœur s'accélérèrent, et un tremblement convulsif s'empara d'elle. S'efforçant de réagir et de dominer cet accès de faiblesse, elle déclara fermement, sur un ton cassant :

– Nous n'avons plus rien à nous dire, Robert. Il est tard...

Elle s'interrompit et poussa une exclamation de surprise. Il s'était rapproché, pour la prendre par les épaules.

– Non, Robert, non!

Il ne la lâcha pas. Tout en la couvant de ses yeux ardents, il la caressa doucement et glissa une main sous la soie de son vêtement. Laura tenta alors de résister, en appuyant des deux poings sur sa poitrine pour le repousser. Mais à son contact, la chaleur de son corps sembla la pénétrer et couler dans ses propres veines, par une étrange magie. Tout à coup un terrible désir l'envahit. Elle avait oublié le plaisir sensuel des étreintes de Robert... Elle se sentait maintenant incapable de lutter contre le pouvoir de sa fascination...

Sa bouche s'abaissa, exigeante et implacable. Dès qu'il toucha ses lèvres, Laura sursauta violemment et secoua vivement la tête, comme sous l'effet d'un choc électrique.

– Quelle audace tu as! gémit-elle d'une voix rauque. Sors d'ici, et ne t'avise plus de reposer la main sur moi!

Il demeura un moment interdit de stupéfaction, les sourcils froncés, la mâchoire crispée, puis, sans un mot, il tourna les talons et partit en claquant la porte.

2

Toute l'équipe était rassemblée sur la scène lorsque Laura arriva. En entendant le murmure assourdi des conversations, elle sentit brusquement son estomac se contracter et un frisson d'appréhension lui courir le long du dos. Très émotive, elle était sujette à des crises de panique épouvantables, et avait encore plus le trac devant ses pairs que devant le public d'une générale.

Dès qu'elle apparut, les voix se turent. Des yeux perplexes la dévisagèrent avec étonnement et curiosité.

Elle portait sa tenue de travail habituelle : de vieux jeans délavés, et un gros pull-over de marin. Extrêmement frileuse, elle redoutait les courants d'air des théâtres vides, toujours très mal chauffés durant la journée, par souci d'économie. Elle s'habillait donc chaudement, avec de grosses chaussettes, par prudence.

Robert était en train de bavarder avec une très jolie jeune fille, qui sourit aussitôt à Laura, avec une sympathie chaleureuse. Son compagnon se contenta d'un regard neutre, et s'approcha nonchalamment.

– Tu es en retard, constata-t-il, glacial.

– De cinq minutes à peine, protesta-t-elle en jetant un coup d'œil à sa montre.

– Sois à l'heure demain, je te prie, insista-t-il sur un ton poli, mais ferme.

Laura acquiesça, puis se tourna vers la jeune actrice en lui serrant affectueusement les deux mains.

– Polly Peters! Quelle bonne surprise! Je n'avais pas vu ton nom dans la distribution.

– Je remplace Andrea Mace, expliqua Polly. Pour le rôle de Violet. La pauvre Andrea est entrée hier à l'hôpital, pour une appendicite. Comme je suis sa voisine, elle m'a chargée de prévenir Robert, qui m'a demandé immédiatement si j'étais disponible pour prendre sa place. Et voilà! Il m'a engagée!

Très bavarde et pétulante, Polly possédait des yeux très noirs, vifs et pétillants, qu'encadrait un halo de boucles brunes. Ambitieuse, travailleuse et intelligente, elle avait de nombreux atouts; pourtant, à vingt-cinq ans, elle n'avait pas encore réussi à percer dans la profession. La bonne fortune ne lui avait pas encore souri, mais le hasard tenait une place tellement déterminante, dans leurs carrières... Très superstitieuse, Laura s'inquiétait même, parfois, d'avoir eu jusque-là autant de chance.

– Vous vous en sortirez très bien, l'assura Robert.

A l'adresse de Laura, il ajouta :

– Elle a déjà interprété ce personnage.

– A l'école, oui. Je m'en souviens.

– Vous étiez en classe ensemble? s'enquit-il, étonné.

– Laura terminait quand j'étais en première année, l'informa Polly en riant. Quand nous avons monté cette pièce de Shaw, elle jouait Ann et moi, Violet, exactement comme maintenant. Curieuse coïncidence, non?

– En effet. A quoi ressemblait Laura? Elle n'a pas dû beaucoup changer, à en juger par son allure d'adolescente, observa Robert en scrutant attentivement la jeune actrice.

Un peu embarrassée, Polly répondit d'une voix hésitante :

– C'est vrai, elle n'a pas du tout vieilli. A l'époque, elle s'habillait déjà de la même manière non conformiste. Mais cela ne l'empêchait pas d'avoir des kyrielles d'admirateurs! Tous les garçons étaient à ses pieds! J'en étais presque jalouse! Heureusement, notre amitié était assez solide pour résister à notre rivalité sentimentale!

– C'était donc une femme fatale? lança Robert en continuant à étudier d'un air impassible le visage de Laura.

Polly perdit contenance et s'empourpra. Son regard consterné alla de l'un à l'autre, comme si elle se rappelait tout d'un coup qu'ils étaient mariés. Apparemment, elle redoutait d'avoir commis un impair.

Robert la rassura d'un sourire charmeur dont il avait le secret et déclara :

– Bien. Il est temps de se mettre au travail.

Tandis qu'il s'éloignait vers le centre de la scène, Polly implora son amie des yeux.

– J'ai été maladroite, n'est-ce pas? Honnêtement, j'avais complètement oublié...

– Ne te tourmente pas, notre mariage appartient désormais au passé. Je ne pense déjà plus à cette vieille histoire.

– Es-tu vraiment arrivée à la chasser de ta mémoire? questionna Polly en l'examinant avec perspicacité. Franchement, si j'étais parvenue à conquérir Robert Davies, je ne l'aurais plus quitté! T'est-il réellement indifférent?

– Ce n'est guère un terme approprié pour décrire mes sentiments à son égard...

Robert tapa dans ses mains pour obtenir le silence.

– Alors? demanda Polly à voix basse.

– Haine, mépris, dégoût, conviendraient beaucoup mieux, chuchota Laura.

Polly grimaça une moue expressive, mais se tut.

La répétition commença. Tous assis en demi-cercle, les acteurs entamèrent la lecture de leurs textes, sur des feuillets dactylographiés, qui seraient bientôt couverts de notes abondantes.

Pour le moment, personne n'essayait d'interpréter son personnage, mais chacun s'efforçait de dégager la signification globale de l'œuvre. Il était nécessaire de bien sentir la structure d'ensemble avant de travailler les nuances.

La troupe n'était pas très nombreuse, et avait été sélectionnée avec le plus grand soin. Robert tiendrait le rôle de Jack, le héros, implacablement poursuivi par les assiduités d'Ann, une jeune fille ravissante et très déterminée, incarnée par Laura. David Holmes, un beau garçon à l'allure un peu frêle, serait un Ricky passionné, plein de charme et de naïveté, et Polly, une Violet énergique, aux idées bien arrêtées. Son amoureux aurait les traits de Tony Monk, un Américain sportif et bronzé, très décontracté. Les autres comédiens, plus âgés, étaient tous des talents confirmés. Durant la lecture de la pièce, Laura acquit la certitude de participer à une entreprise vouée au succès.

Contrairement à ce qu'elle avait cru, il ne lui parut pas du tout pénible ni malaisé de jouer en face de Robert. Sur scène, elle oubliait facilement les problèmes et les émotions de sa vie privée pour se couler dans le moule de son personnage. D'ailleurs, les acteurs ne choisissaient-ils pas justement leur profession à cause de ce besoin de se dédoubler, d'endosser une nouvelle personnalité? En tout cas, la jeune fille en était convaincue. Les traditions théâtrales lui donnaient d'ailleurs raison : dans l'antiquité, le visage des comédiens était complètement dissimulé derrière un masque anonyme. Cet usage qui s'était perpétué au cours des siècles était tombé en désuétude à l'époque moderne.

De plus, Robert contribua beaucoup à détendre l'atmosphère; il fallait bien lui reconnaître ce mérite. Il observa une neutralité et un calme exemplaires. Lorsqu'il en arrivèrent à la scène de la dispute, qui semblait parodier leurs rapports dans la vie courante, leurs regards se croisèrent très brièvement, et Laura aperçut dans ses yeux gris une lueur moqueuse et sardonique, mais il baissa très vite la tête, pour continuer sa lecture, de la même voix tranquille et assurée.

De temps à autre, leurs camarades les considéraient avec perplexité, sans chercher à dissimuler leur curiosité, bien naturelle du reste. Leur rupture avait fait beaucoup de bruit à l'époque. Heureusement, Laura avait échappé à la publicité tapageuse créée autour de son nom, puisqu'elle s'était aussitôt enfuie en Amérique, en laissant Robert affronter seul les journalistes. Aux États-Unis, elle n'était pas assez célèbre pour passionner le public avide de nouvelles à sensation et devenir la proie des reporters. Quelques correspondants de la presse anglaise avaient néanmoins essayé de la contacter, mais elle avait catégoriquement refusé toutes les interviews.

A la pause du déjeuner, Laura partit avec Polly dans un petit restaurant italien, non loin du théâtre, où le patron les accueillit avec enthousiasme.

– Bonjour, Luigi!

– Ah, Laura, je suis bien content de vous revoir! Comment avez-vous trouvé les États-Unis? Mon cousin Tonio a vécu quelque temps à New York, puis à Boston...

Lorsque Luigi était lancé, il n'y avait plus moyen de l'arrêter. Il leur raconta donc de savoureuses anecdotes sur les mésaventures de son cousin. Comme il avait une voix de stentor, tous les clients en profitèrent et son ton jovial déchaîna à plusieurs reprises des fous rires de bonne humeur.

Les deux jeunes filles déjeunèrent d'un énorme plat de spaghetti, et terminèrent par un café bien fort.

– J'admire ton courage et ton assurance, Laura, déclara Polly tout à coup. Il faut un certain cran, pour accepter de jouer avec Robert, après vos histoires tumultueuses.

Surprise par cette allusion inattendue, Laura fronça les sourcils, puis haussa les épaules avec un sourire.

– De toute manière, nous ne pouvions guère nous éviter pour le restant de nos jours...

Après une hésitation, Polly demanda :

– Cette affaire a provoqué beaucoup de bruit et de commentaires... Pourquoi as-tu agi ainsi, Laura?

– J'ai appris certaines choses, le jour de mon mariage, qui ont complètement modifié mon jugement sur Robert, et m'ont dévoilé un aspect de sa personnalité que j'ignorais jusque-là. Subitement, je me suis sentie prise au piège, incapable de supporter l'idée d'une vie commune. Puisqu'il en était encore temps, je suis partie. Je n'en éprouve aucun remords, car il m'aurait été impossible de poursuivre cette farce.

– Tu ne souhaites pas m'en dire davantage? questionna gentiment Polly.

Laura secoua la tête.

– Ce secret ne m'appartient pas...

– J'aime bien Robert, confessa Polly calmement. Il m'est très sympathique, et s'est toujours montré extrêmement gentil et généreux avec moi. Tu es sûre des sources de ton information, j'espère?

– Absolument.

– Robert ne s'est pas défendu?

– Il n'était pas en mesure de nier ces accusations, déclara Laura avec virulence.

Décontenancée par le ton péremptoire de son amie, Polly s'excusa de son manque de discrétion involontaire.

– Pardonne-moi, ma chérie. Je suis sincèrement désolée...

– Oublions cela, Polly. Ce n'est pas grave... Oh, il est bientôt 2 heures, ajouta-t-elle en jetant un coup d'œil à sa montre. Il est grand temps de retourner au théâtre.

Les répétitions de l'après-midi se déroulèrent dans une ambiance très studieuse. Tout le monde se quitta dans la soirée, épuisé, mais content de cette première journée de travail.

Dehors, il faisait déjà nuit, et la foule des passants se pressait, nombreuse, aux abords des boutiques. Laura adorait cette ville. Malgré ses millions d'habitants, elle possédait un centre assez petit et bien délimité, où foisonnaient magasins, restaurants et salles de spectacle. Brillamment éclairées par les néons multicolores, les rues fourmillaient d'une animation extraordinaire, et abondaient en personnages extravagants, qui semblaient sortir tout droit des romans de Charles Dickens. Au coin de Leicester Square, un vendeur de marrons se chauffait les mains à son brasero, tout en vantant à grands cris sa marchandise. De l'autre côté de la place, un musicien ambulant grattait sa guitare devant les queues des amateurs de cinéma. Le klaxon d'un taxi impatient retentit subitement et des nuées de pigeons et de moineaux s'envolèrent dans un bruissement d'ailes.

« Celui qui est fatigué de Londres est fatigué de vivre », avait dit Samuel Johnson si justement. Laura n'aurait jamais pu vivre très longtemps loin de la capitale. Elle avait énormément apprécié son voyage en Amérique, où les gens s'étaient montrés incroyablement chaleureux et hospitaliers, mais le plaisir de la découverte n'avait pas égalé celui du retour en Angleterre. Même aujourd'hui, dans le vent et la pluie, elle savourait le bonheur de flâner sur les trottoirs encombrés de monde. Il régnait dans Londres une atmosphère incomparable qu'elle appréciait par-dessus tout, sans doute parce qu'elle y était née et qu'elle s'y sentait chez elle, totalement.

Elle fit quelques emplettes à Soho, acheta du pain et du fromage français, des pommes, et les ingrédients nécessaires à son repas du soir. Puis, elle prit le bus pour regagner Hampstead. Puisqu'elle avait passé son permis de conduire pendant son séjour en Amérique, elle résolut de s'acheter bientôt une voiture, car elle regrettait beaucoup d'avoir dû abandonner là-bas la luxueuse automobile qu'on avait mise à sa disposition.

Une fois rentrée dans son appartement un peu trop vide et silencieux, elle se cuisina un *risotto,* et s'installa après avoir dîné devant la télévision, trop fatiguée pour faire autre chose. Puis elle prit un bain prolongé, très chaud, et se coucha de bonne heure.

Elle rêva de Robert toute la nuit, et se réveilla furieuse le lendemain matin. Elle n'avait certainement pas réussi à l'effacer de sa mémoire...

En ayant terminé avec la phase de lecture initiale, les acteurs discutèrent longuement de la pièce, cherchant des angles d'approche originaux, et de nouvelles interprétations.

– Shaw définit ses personnages de façon tellement précise, commenta quelqu'un. Il nous laisse en réalité très peu de liberté.

– C'est vrai sur le fond, répondit Robert. Mais nous pouvons toujours innover sur la forme. Il existe mille manières de dire un texte; c'est à nous de découvrir la plus adéquate.

– Violet me paraît très dure, remarqua Polly. Elle ne m'est pas très sympathique.

– C'est une féministe avant la lettre, déclara timidement Tony Monk. Très franche et directe, presque brutale, typique d'un certain genre de femmes américaines.

– Cette volonté d'émancipation n'est pas spécifique aux États-Unis, intervint Laura. En fait, je trouve ces femmes plutôt admirables. Pourquoi n'aurions-nous pas le droit d'être déterminées et impitoyables, nous aussi? Les hommes le sont bien, et ont gouverné le monde pendant des siècles. Nous valons certainement autant.

Robert s'interposa.

– Pas de politique, s'il te plaît. Tu n'as pas oublié nos conventions? Nous sommes ici pour parler de la pièce, non pour prêcher nos convictions personnelles.

– « Homme et surhomme » est une œuvre politique, dans son essence même, protesta Laura. L'intrigue et l'humour servent uniquement à transmettre un message.

Robert hocha la tête.

– C'est exact. Mais il ne nous appartient pas d'émettre un jugement de valeur sur les opinions de Shaw. Notre tâche se limite à cerner les personnages et à déterminer la façon dont nous les interpréterons.

– Shaw a voulu dénoncer l'hypocrisie des hommes, s'obstina Laura. Ils mentent constamment. Même quand ils prônent la liberté totale, il y mettent des restrictions selon leurs convenances.

– Oh, tu te fais l'avocate de la liberté absolue? l'interrogea Robert narquoisement. Même dans le domaine des mœurs?

– Pas du tout, rectifia-t-elle très sérieusement. Nous sommes fatalement confrontés à des contraintes, des obligations morales. « La liberté de chacun finit là où commence celle des autres », dit le proverbe. Il faut surtout prendre garde à ne blesser personne, et à ne pas devenir tyran pour son entourage en se croyant le maître absolu de ses actes.

Tandis qu'elle parlait, une lueur de mépris s'alluma au fond de ses yeux bleu sombre. Tony Monk acquiesça :

– Je souscris entièrement à ces idées.

Elle lui adressa un sourire de gratitude et Robert leva la séance à ce moment-là.

– Il est temps d'aller déjeuner, lança-t-il. A tout à l'heure.

Tony Monk s'approcha de Laura d'un air hésitant.

– Voudriez-vous déjeuner avec moi? Je connais un petit restaurant grec très sympathique...

Son invitation surprit la jeune fille, mais elle accepta immédiatement, sans doute parce que Robert, tout près, avait entendu, et guettait sa réponse avec un sourire sardonique.

– Merci infiniment; je suis ravie, déclara-t-elle chaleureusement en le suivant vers les coulisses.

– Une minute, Laura! lança Robert abruptement.

Elle se retourna de mauvaise grâce, et Tony s'immobilisa à côté d'elle.

– Vous pouvez partir, Monk! ordonna le metteur en scène. Elle vous rejoindra dehors.

Tony rougit d'embarras et s'éloigna promptement.

– Tu t'es montré tout à fait discourtois avec lui, commenta Laura d'une voix cassante. Ce n'est pas très gentil de traiter ainsi un étranger. Ayant moi-même séjourné en Amérique, je sais combien c'est difficile de s'adapter à une culture et un mode de vie différents. Si tu te comportes aussi cavalièrement avec lui, il ne se sentira jamais à l'aise.

– Je compte sur toi pour dissiper sa gêne et l'aider à s'acclimater!

– Que veux-tu dire, exactement?

– Allons, ne fais pas l'innocente. En tout cas, je te conseille de ne pas devenir tout de suite trop intime avec lui. Ce serait dommage de le mêler à une affaire de divorce.

– Tu es grotesque! explosa-t-elle, furieuse. Et de toute façon, cela ne te regarde pas. Je te dispense de tes commentaires et je n'ai pas de permission à recevoir de toi.

– Nous sommes mariés, observa-t-il, glacial.

– La situation n'est pas irrémédiable.

– Pourquoi n'as-tu pas engagé la procédure de divorce?

Prise de court, Laura s'empourpra et bredouilla :

– Je... Pourquoi aurais-je entrepris ces démarches? Tu obtiendras facilement une annulation.

– Pour quel motif?

– C'est évident, répliqua-t-elle, cramoisie.

– Pour non-consommation du mariage?

Elle lui jeta un coup d'œil furtif, puis détourna vivement la tête.

– Oui.

– Je n'irai certainement pas au tribunal pour avouer publiquement une chose pareille. Cela ruinerait ma réputation!

Ce trait d'ironie lui valut un regard meurtrier.

Seigneur! Comment n'y avais-je pas songé? lança-t-elle, sarcastique. Eh bien, si ton amour-propre ne supporte pas cette humiliation, je m'en occuperai moi-même.

Ne t'avise pas d'invoquer ces raisons, énonça-t-il prudemment. Je m'y oppose.

– Pourquoi? Comment? questionna-t-elle sur un ton furieux et incrédule.

– J'exigerai l'accomplissement de tes devoirs conjugaux, déclara-t-il avec une désinvolture insouciante. Tu pérorais sur la liberté, tout à l'heure. Tu oublies mes droits. Tu m'as épousé, légalement, et en t'enfuyant, tu as manqué à tes promesses matrimoniales.

– Tu sais parfaitement pourquoi je suis partie, articula-t-elle d'une voix sourde de colère. Certaines informations m'ont ouvert les yeux sur ton compte, et m'ont révélé ta véritable nature. D'ailleurs, tu as toi-même avoué...

– Absolument pas, l'interrompit-il sèchement.

– Mais... En tout cas, tu n'as rien nié...

– Tu as appris toute cette histoire sans prendre la peine de rien vérifier. Moi, comme un sot, j'étais sûr de ton amour, je te vouais une confiance aveugle... Tu n'as même pas daigné me poser de questions pour t'assurer de la vérité. Ta conduite a été inqualifiable. S'enfuir ainsi sur un coup de tête aux États-Unis! C'est insensé, surtout pour quelqu'un qui venait de prononcer des vœux de fidélité!

– Essaie de t'imaginer à ma place, répliqua-t-elle. Tu avais l'air tellement coupable... Dès l'instant où Emily m'a raconté le drame de sa sœur, tu as paru horriblement mal à l'aise...

– Tu as eu tort de te forger une opinion sur des indices aussi minces. Tu m'as condamné sur-le-champ, sans appel, comme si j'étais réellement cet être vil, cruel et impitoyable dépeint par Emily. Et tu t'es empressée de me punir sans entendre ma défense.

Tremblante et incrédule, Laura était maintenant partagée entre l'espoir et la colère. Robert était-il vraiment en mesure de prouver son innocence, ou tentait-il encore de la duper?

– Eh bien? questionna-t-elle d'une voix dure. J'attends ta version des faits.

Il éclata alors d'un rire méchant.

– Ah, ma chère Laura! Si tu voyais quelle mine tu fais! Tu es absolument convaincue de ma culpabilité, je le lis sur ton visage. Je m'évertuerais en vain à te dissuader, car tu refuserais de me croire, de toute façon. Pourquoi m'as-tu donc épousé. si tu me hais à ce point?

Il s'avança tout près, les yeux étincelants de rage. Une vague de panique envahit alors la jeune fille.

– Je... Je dois partir, bredouilla-t-elle.

– Oui, Laura, sauve-toi, murmura-t-il sur un ton mauvais. Mais tu ne parviendras pas à m'échapper.

Tony l'attendait patiemment à la sortie des artistes, une veste en peau de mouton négligemment jetée sur ses épaules. A la vue de Laura, un large sourire illumina son visage.

– Ah, vous voilà!

– Je suis confuse de ce contretemps...

D'un air embarrassé, Tony lui demanda :

– Je vous croyais... séparée de Robert? Est-ce que je me trompais?

– Non. Notre mariage est effectivement une histoire ancienne, complètement oubliée.

– Mon invitation ne vous a pas attiré d'ennuis, j'espère... J'ai eu la désagréable impression de déclencher la fureur de Robert.

– Il a une âme de tyran, et réagit comme s'il régnait en despote sur le monde entier.

– Je l'admire énormément, soupira Tony avec envie.

– Vous avez tort. Robert est certes un excellent acteur, mais il a déjà une longue expérience derrière lui, et à mon avis, il joue un peu trop sur son charme physique. Dès qu'il apparaît sur scène, tous les regards féminins se tournent vers lui. Il abuse de ce pouvoir de séduction.

– Il a en effet une présence extraordinaire. C'est selon moi une grande qualité; j'aurais aimé lui ressembler...

Ils se rendirent à pied dans un petit restaurant pittoresque, où un fond sonore de musique folklorique réchauffait plaisamment l'atmosphère.

– Vous aimez la cuisine grecque? s'enquit Tony en leur servant à boire.

– Beaucoup. Quand j'étais à New York, j'avais l'habitude de manger tout près du théâtre, dans une taverne...

– Chez *Georgiadis*! la coupa-t-il avec un grand éclat de rire.

Vous connaissez l'endroit? s'étonna-t-elle.

– Les acteurs constituent la majeure partie de sa clientèle, l'informa Tony, ravie de cette coïncidence.

Ils se mirent à discuter avec enthousiasme de New York et de l'Amérique. Un peu perdu à Londres, le jeune homme se languissait un peu de son pays, et cette conversation le réconforta. Il parla avec animation, la tête penchée en avant, les yeux pétillants, et raconta à Laura maintes anecdotes qui l'amusèrent beaucoup.

– J'ai passé un très agréable moment en votre compagnie, lui dit-il avec gratitude comme ils retournaient au théâtre. J'espère avoir l'occasion de vous inviter à nouveau. Pour dîner, peut-être? Je ne me suis jamais senti aussi bien depuis mon arrivée en Angleterre... J'ai toujours rêvé de venir travailler à Londres. Pour nous autres, Américains, votre capitale constitue un pôle d'attraction absolument fascinant, avec ses innombrables théâtres, opéras, musées et galeries de peinture. Vous avez une culture et un passé tellement riches! Pourtant, j'ai la nostalgie de l'Amérique. et il m'est arrivé plusieurs fois de regretter mon exil.

– J'ai éprouvé exactement la même chose lorsque je séjournais aux États-Unis, lui confia-t-elle. On ne peut pas rompre avec ses attaches. J'étais constamment tiraillée entre l'envie d'expériences nouvelles et le désir de me replonger dans mon environnement coutumier.

Tout le monde avait déjà repris sagement sa place, lorsqu'ils réapparurent. Debout au centre de la scène. Robert les attendait.

– Comme c'est gentil de vous joindre à nous! railla-t-il en regardant sa montre ostensiblement. Vous ne vous êtes pas trop dépêchés, au moins? Il ne fallait surtout pas écourter votre repas!

Tony s'excusa d'un air gêné.

– Nous avons oublié l'heure, j'en ai peur... Je suis vraiment désolé...

– Sans doute étiez-vous trop absorbés! lança Robert

d'une voix furieuse. J'avais pourtant bien insisté sur la ponctualité. La règle est la même pour tous. Vous veillerez donc à être exact, à l'avenir. Je suis intransigeant sur ce point, et ne tolèrerai aucun retard. Les vedettes s'autorisent parfois certaines libertés, mais il n'est pas dans mes habitudes de supporter les caprices des stars, aussi célèbres soient-elles.

Il foudroya Laura du regard. Sans se démonter, elle répondit avec le plus grand calme :

- L'incident ne se reproduira pas, monsieur Davies.

Elle s'assit dignement sur sa chaise, tandis que Tony, visiblement très mal à l'aise, regagnait piteusement sa place. Il trébucha et faillit s'étaler par terre de tout son long, mais heureusement un de ses camarades le rattrapa par le bras et lui épargna cette humiliation supplémentaire.

Sur le point d'émettre une remarque blessante, Robert se ravisa néanmoins et ouvrit la séance abruptement, visiblement de fort mauvaise humeur.

Tout l'après-midi, Laura fut en butte à ses remontrances. Il l'avait choisie pour cible, et ne cessa de la reprendre, presque à chaque mot. Au bout de quelques heures de ce traitement, elle était livide de colère, les nerfs à vif.

- Tâche d'entrer dans la peau de ton personnage, conseilla-t-il sévèrement. Ann est un être humain à part entière, avec des émotions et des sentiments. Ce n'est ni un pantin, ni une poupée!

Cette fois-ci, c'en était trop. Laura redressa fièrement le menton et le dévisagea avec des yeux étincelants de rage.

– Ta remarque est un peu prématurée! rétorqua-t-elle. Nous sommes seulement au deuxième jour des répétitions et j'ai à peine eu le temps de déchiffrer le texte!

– Je veux être absolument certain de l'intérêt que tu portes à cette pièce. Il ne faut pas jouer sur ta réputation et te reposer sur tes lauriers. Tu dois travailler ton rôle, à fond.

Pendant une seconde interminable, ils s'observèrent en silence. Laura fulminait de rage, sous les yeux froids et imperturbables de Robert. L'atmosphère s'était subitement chargée d'électricité, et l'hostilité des deux acteurs menaçait d'éclater et de se déchaîner avec violence. Le reste de la troupe observait la scène avec une certaine inquiétude.

Finalement, Robert se détourna et déchargea son agressivité sur une autre victime. Au prix d'un effort surhumain, Laura parvint à maîtriser sa fureur et à réprimer sa folle envie de se lever pour le gifler. Se cramponnant à sa chaise de ses mains crispées, elle décida d'attendre la fin de la répétition pour s'expliquer avec lui, car cela n'arrangerait rien de provoquer un scandale en public, bien au contraire.

Elle resta donc après le départ de tout le monde. Dans un coin de la scène, Robert discutait avec un électricien de problèmes techniques et feignait de ne pas remarquer sa présence. Les poings enfoncés dans ses poches, elle patienta, immobile et farouchement déterminée.

Sa façon de pencher la tête de côté, avec un petit sourire en coin, l'avait toujours émue. Encore maintenant, malgré elle, elle ne pouvait se défendre d'un léger pincement au cœur. Cependant, elle se ressaisit aussitôt, s'admonestant vivement pour cet instant de faiblesse. Certes, Robert avait beaucoup de charme, mais il le savait, et en usait froidement; c'était un être calculateur et impitoyable, dont il fallait se méfier comme de la peste.

Il s'approcha nonchalamment, une expression cynique et amusée sur le visage.

Eh bien?

- Ne fais pas semblant d'être étonné. Je t'avertis, Robert, si tu continues à me harceler ainsi devant les autres, je ne réponds plus de mes réactions. Tu abuses de ton autorité, en me traitant d'une manière aussi injuste et méprisante. Tes griefs personnels ne t'accordent pas le droit de m'accabler de la sorte et de m'insulter en public.

– Tu te places au-dessus des autres, pour te permettre d'arriver en retard?

– Cela ne jutifie en aucun cas tes propos désobligeants à mon égard. Pourquoi m'as-tu humiliée avec autant d'acharnement? Laisse-moi le temps de comprendre mon personnage.

– J'exige de la discipline, et la ponctualité est le premier devoir de chacun, conclut-il sèchement en s'éloignant vers les coulisses.

– Cesse de me reprocher ces quelques minutes insignifiantes, rétorqua-t-elle en lui emboîtant le pas. J'essaie de donner le meilleur de moi-même, mais tu refuses de t'en rendre compte.

– Tu ne te concentres pas assez; tu as l'esprit ailleurs, l'accusa-t-il d'une voix cassante. Même pendant que je te parlais, tu gardais les yeux fixés sur Monk. Tu rêvassais!

– Tes reproches ne sont pas fondés, explosa-t-elle. C'est toi qui penses à autre chose! La hargne t'étouffe!

Comme ils quittaient le théâtre ensemble, Robert lui proposa de la raccompagner en voiture.

– Non merci, je préfère prendre le bus, déclara-t-elle sur un ton glacial.

– Attention, Laura, lança-t-il en la prenant par le coude. Ne me pousse pas à bout. Je tâchais seulement d'être poli.

– J'ai des courses à faire, prétexta-t-elle.

– Dîne avec moi, j'ai à te parler. J'ai décidé de divorcer, puisque tu le veux.

3

Laura le contempla d'un air incrédule.

– Tu es sérieux?

Subitement, elle frissonna et ramena frileusement contre elle les pans de son manteau.

– Il fait trop froid pour rester là à discuter, bredouilla-t-elle.

Robert la conduisit jusqu'à sa voiture.

– Allons, viens, et arrête de te conduire comme une enfant, se moqua-t-il.

Elle monta de mauvaise grâce dans son cabriolet rutilant et luxueux, à la pointe de la mode, et équipé des dernières inventions techniques. Robert avait toujours été un passionné de l'automobile, et elle l'avait souvent taquiné sur ce sujet. Il aimait les performances et la vitesse, mais appréciait aussi le confort et l'élégance, comme en témoignaient les sièges en cuir et le tableau de bord en bois précieux. Il avait même fait installer un bar à l'arrière! Il rêvait de s'acheter une Rolls, et s'était bien juré de réaliser un jour cette ambition.

A son habitude, il démarra en trombe et se faufila habilement dans les embouteillages de la capitale. Se renfonçant dans son siège, Laura l'observa à la dérobée. « Cet homme est mon mari! » songea-t-elle soudain en contemplant son beau profil régulier. Pourtant, leur mariage n'avait aucune réalité, et serait bientôt annulé, légalement. Il ne s'était rien produit entre eux d'irrémédiable... A nouveau, un frisson irrépressible la parcourut. Robert tourna la tête et demanda :

– Tu as encore froid? J'ai mis le chauffage...

– Je suis gelée, murmura-t-elle.

Le lien ténu qui les unissait malgré tout allait être rompu... Laura ne pouvait pas s'empêcher d'en concevoir une certaine tristesse, inexplicablement. Elle méprisait Robert, et le haïssait, mais l'idée de divorcer la troublait tout de même curieusement.

Il s'arrêta devant une épicerie, et en ressortit avec deux gros sacs de victuailles.

– Notre dîner, annonça-t-il.

Laura se redressa en sursautant.

– Mais... Je t'avais dit...

– Nous devons absolument parler, la coupa-t-il. Ne crains rien, je n'ai pas l'intention d'abuser de toi!

– Nous règlerons nos problèmes chez un avocat, protesta-t-elle.

– Ne sois pas ridicule! Nous passons nos journées ensemble. Ce serait stupide et complètement aberrant de nous en remettre à un tiers pour trouver une solution à notre différend. Je ne vois pas pourquoi tu refuserais de venir chez moi.

– Tu ne manques pas d'audace! lança-t-elle avec un rire amer. Tu me proposes de rester seule avec toi dans ton appartement?

– Très bien, allons chez toi, capitula-t-il avec un soupir. Tu pourras toujours me jeter dehors au cas où je deviendrais trop entreprenant!

Elle hésita, puis se résigna.

– D'accord. Mais je ne saisis pas très bien la nécessité d'une discussion.

– Il faut nous entendre sur le motif.

– Mais enfin, Robert! se récria-t-elle, irritée. C'est l'évidence même! Je t'ai quitté. N'importe quel juge reconnaîtra là des raisons suffisantes. J'assume tous les torts, naturellement.

Il se contenta de hausser les épaules, et changea abruptement de sujet.

– Les maquettes des décors sont prêtes. Le dessinateur les apportera demain matin.

– Combien y en a-t-il?

– Quatre. Personnellement, j'aime beaucoup l'atmosphère de la toile de fond espagnole. Yates a fait là un excellent travail. Les couleurs sont superbes. Nous nous sommes déjà mis d'accord pour l'exécution grandeur nature, mais je tiens à présenter les ébauches à la troupe, pour leur donner une idée de l'ensemble.

Il tourna le coin de la rue où habitait Laura et se gara devant son immeuble. Tout en continuant à bavarder, ils déchargèrent les paquets et montèrent à l'appartement. En dépit de leurs relations orageuses, leur passion commune pour le théâtre les rapprochait. C'était cette fascination pour le monde du spectacle qui les avait poussés l'un vers l'autre. Ils partageaient des intérêts identiques, et une même raison de vivre.

Tout naturellement, ils se retrouvèrent tous les deux dans la cuisine, revêtirent des tabliers, et se mirent à préparer le repas de concert.

– Comme nous sommes civilisés et domestiqués! remarqua-t-il tout hachant du persil et des oignons.

Laura découpa des tranches de pâté, coupa les tomates pour la salade, et fit griller du pain pour les toasts. Le plat principal, un coq au vin tout préparé, au fumet délicieux, était déjà dans le four, avec des haricots verts et des pommes de terre. Robert dressa promptement le couvert, et ils s'assirent en silence, un peu gênés maintenant par ce tête-à-tête inattendu.

– Raconte-moi tes impressions de voyage, lança-t-il sur le ton de la conversation.

– J'ai été enchantée de mon séjour en Amérique. Mais... Ne devions-nous pas parler de notre divorce? questionna-t-elle en commençant à grignoter les hors-d'œuvres sans appétit.

– Je propose de manger d'abord tranquillement, avant d'entamer ce sujet. Sinon, j'ai bien peur d'attraper une indigestion! Es-tu restée tout le temps à New York, ou as-tu visité d'autres parties des États-Unis?

– Je suis allée en Californie pour tourner un film.

– J'en ai entendu quelques échos, d'ailleurs très favorables. Il a remporté là-bas un gros succès, m'a dit Jimmy. Ce sera probablement un triomphe ici aussi.

– Oh, tu connais le tempérament enthousiaste de Jimmy : il s'emballe très vite. Il n'a même pas visionné un seul extrait, et se fonde uniquement sur l'opinion d'un de ses amis.

– Un homme d'affaires, je présume?

– Naturellement, acquiesça-t-elle avec un sourire de connivence. Le cinéma est devenu une véritable industrie, où les maîtres-mots de la réussite sont l'argent et le profit. On ne peut guère échapper à cette logique.

– C'est un film à suspense, je crois? Le scénario était bon?

– Largement au-dessus de la moyenne. L'intrigue était fort bien menée. Je jouais le rôle de l'héroïne pourchassée, dans des décors sinistres et terrifiants. Les effets spéciaux étaient tellement bien réussis que j'en ai moi-même eu plusieurs fois la chair de poule!

Après le dîner, ils firent la vaisselle, en toute simplicité, et revinrent dans le salon pour boire le café, assis sur le sofa, en face de la cheminée.

– Bien, commença Robert d'une voix nonchalante. Nous effaçons ces dernières années, et repartons à zéro, chacun de notre côté, comme si nous ne nous étions jamais rencontrés. C'est cela?

Les yeux fixés sur le fond de sa tasse, Laura chuchota, la gorge serrée :

– Oui...

Il se pencha pour lui prendre sa soucoupe des mains et la poser sur la table basse. Immédiatement, Laura tressaillit et se raidit à son contact, tandis qu'il la saisissait par les coudes pour l'obliger à se tourner face à lui.

Inexorablement, sa bouche s'approcha de la sienne, dure, possessive, dominatrice. Il étouffa sur ses lèvres un cri de protestation et appuya de toutes ses forces pour la contraindre à pencher la tête loin en arrière. Désarçonnée, elle dut se raccrocher des deux mains à ses épaules.

Cependant elle se mit ensuite à se débattre vigoureusement, et à lui marteler la poitrine de ses poings fermés, furieusement. Mais il ne lâcha pas prise. Accablée par sa propre impuissance, Laura sentait malgré elle les battements de son cœur s'accélérer. Elle suffoquait et respirait avec la plus grande difficulté. Soudain, une vague de sensualité l'inonda, et des désirs longtemps refoulés par sa conscience l'assaillirent, anéantissant ses forces de résistance.

Lorsqu'il se rendit compte de son changement d'attitude et de l'affaiblissement de sa volonté, Robert glissa ses bras dans son dos, pour la serrer contre lui, tout en la caressant doucement. Ses doigts semblèrent la brûler... Secouée de frissons incoercibles, elle finit par succomber à son baiser.

Un lourd silence les enveloppa. Toute pensée cohérente avait déserté l'esprit de Laura, tandis qu'elle s'abandonnait à l'étreinte de Robert. Puis, tout à coup, l'image d'Emily ressurgit à sa mémoire, triste et pâle, inondée de larmes...

Dans un brusque accès de fureur, elle le repoussa

violemment et le frappa par surprise, en plein visage. Profitant de sa perte d'équilibre, elle se dégagea prestement et se leva d'un bond.

Les traits de Robert s'assombrirent de colère, quand il porta la main à sa joue, à l'endroit où elle l'avait giflé.

– Petite peste! Tu m'as fait mal!

– Parfait! persifla-t-elle, cramoisie. Mais, tu mériterais bien pire! J'ai vraiment perdu la tête, pour oublier, fût-ce un seul instant...

– Tu ne vas pas recommencer avec cette fille!

– Si! riposta-t-elle sur un ton amer. Cette pauvre petite Cara Lamb... La demi-sœur d'Emily s'est suicidée à dix-huit ans parce que tu l'avais séduite, et qu'elle se retrouvait enceinte de toi...

Robert sauta soudain sur ses pieds, avec une expression menaçante, les yeux étincelant de rage.

– Tu n'as jamais connu Cara Lamb. Elle était très jeune, c'est exact, mais certainement pas un modèle de vertu, crois-moi! elle fréquentait depuis l'âge de quatorze ans les milieux artistiques. Comme Emily voulait l'introduire dans le monde du spectacle, elle l'amenait toujours au théâtre avec elle.

Laura se détourna.

– Tu te cherches encore des excuses?

Il la rattrapa par les épaules, d'une poigne d'acier, et l'obligea à lui faire face.

– Maintenant, écoute-moi bien! Il est temps pour toi d'entendre la vérité. Cette fois, tu vas apprendre ma version de l'histoire. Après tout, tu m'as épousé: tu m'aimais donc, à l'époque, et tu me dois bien maintenant un minimum d'attention. N'ai-je pas le droit de me défendre avant d'être déclaré coupable?

Laura haussa les épaules.

– Très bien. Expose-moi ton point de vue, puisque tu y tiens tellement.

– Cara a très vite découvert le moyen de se rendre populaire; elle avait des mœurs très légères, déclara Robert avec force. On ne comptait plus ses amants.

– D'après Emily, c'était une jeune fille très respectable, répliqua Laura, glaciale. Elle n'avait même pas de petit ami!

– Elle savait parfaitement simuler l'innocence pour duper Emily, qui raffolait de sa jeune sœur. Mais elle cachait bien son jeu... Par nécessité d'ailleurs, car Emily l'aurait sévèrement châtiée, si elle avait découvert le pot-aux-roses.

Il lâcha Laura et se mit à arpenter la pièce, les mains dans les poches.

– J'en viens maintenant à la partie la plus pénible pour moi. Lorsqu'Emily nous a annoncé le suicide de sa sœur, le jour de notre mariage, j'ai pu paraître coupable, effectivement. Mais pas de ce dont elle m'accusait, en aucun cas! Je n'étais pas le père de cet infortuné bébé. C'est une chose absolument certaine.

Laura le scruta intensément.

– Comment en es-tu si sûr?

– J'étais en Australie, quand l'enfant a été conçu.

– Mais tu étais au courant de sa situation?

– Naturellement. Cara a essayé de me rendre responsable de son état. J'étais affolé. Je venais de te rencontrer, et l'idée de te perdre à cause de cette fille dépravée, sans scrupules ni morale, me terrifiait. Car je ne l'aimais pas. Mais il me fallait cependant affronter l'éventualité de cette paternité involontaire. J'ai eu des relations avec elle, je l'avoue, et cette pensée me répugne, aujourd'hui. Comme je regrette ce moment de faiblesse! C'est arrivé une seule et unique fois, après une soirée mouvementée, où nous avions tous un peu trop bu. Cara se prétendait amoureuse de moi, et me poursuivait de ses assiduités depuis des semaines. Je ne me souviens même plus exactement du déroulement des faits, mais lorsque je me suis réveillé le lendemain matin, j'étais avec elle, dans la chambre de son appartement.

Une douleur atroce déchira le cœur de Laura, consumée de jalousie.

Livide, Robert était de toute évidence torturé par ce souvenir navrant.

– Elle était triomphante, quelques semaines plus tard, quand elle m'a annoncé la nouvelle, me présentant naturellement la chose comme une conséquence de cette fameuse nuit. J'en suis demeuré complètement abasourdi. Comme je te l'ai dit tout à l'heure, j'étais éperdument amoureux de toi, et n'éprouvais absolument rien pour cette fille. Je l'ai tout de même emmenée chez un médecin. Il m'a confirmé sa grossesse, qui remontait cependant à trois mois! Ces précisions m'ont immensément soulagé, tu l'imagines sans peine. J'étais blanchi de toute responsabilité, indiscutablement.

– Comment a réagi Cara?

– Elle était folle de peur, à cause d'Emily, et s'est enferrée dans des mensonges insensés, me traitant d'hypocrite, prétextant avoir eu avec moi une liaison plus ancienne. Je l'ai ignorée, car il n'y avait pas une once de vérité dans toutes ces fables inouïes. Je ne me sentais plus du tout impliqué, puisque j'étais convaincu de ne pas être le père de son bébé.

Il planta un regard dur et froid dans les yeux de Laura et poursuivit :

– J'ai réellement fait tout mon possible pour l'aider. Je l'ai mise en relation avec la directrice d'un établissement de mères célibataires, et lui ai prêté de l'argent. Je ne pouvais vraiment rien de plus pour elle.

– Elle s'est tuée, remarqua Laura, offusquée. Par amour pour toi, sans aucun doute. Sa lettre à Emily te condamnait sans rémission. Pourquoi se serait-elle donné la mort et t'aurait-elle accusé, si tu étais innocent? Pourquoi?

- Par vengeance, répliqua-t-il durement. J'avais commis une grave erreur : je lui avais parlé de toi, et lui avais confié mon intention de t'épouser. Elle est devenue complètement hystérique, à ce moment-là, et m'a menacé de se suicider si je me mariais.

Il haussa les épaules en signe d'impuissance et reprit avec lassitude :

- Je ne l'ai pas crue. Cela semblait tellement ridicule et extrême. Nous nous connaissions à peine. Une nuit ne suffit pas à créer des liens affectifs. C'était un épisode sans lendemain, même pas une aventure...

- A dix-huit ans, on est souvent d'un tempérament très entier, mais aussi extrêmement fragile, objecta Laura, en se souvenant de ses propres réactions à cet âge.

- De toute façon, tu connais la vérité, à présent, grommela Robert.

- Vraiment? articula-t-elle lentement en fronçant les sourcils.

- Tu ne me crois pas? rugit-il.

- J'ai entendu deux versions totalement différentes. Un fait, seul, reste indéniable : la mort de Cara. Pourquoi aurait-elle eu recours à cette dernière extrémité si elle n'avait pas effectivement été abandonnée par son amant au moment où elle avait le plus besoin de lui?

Robert blêmit et se crispa.

- Tu me traites de menteur? Après ces douloureux aveux, tu préfères accréditer les affabulations d'une adolescente hystérique? Laura, comment oses-tu! Tu n'as probablement jamais été amoureuse de moi! Tu as eu raison de t'enfuir, au fond... Notre mariage aurait été une farce grotesque.

Sa voix avait pris une inflexion acide, désabusée. Il se dirigea vers la porte et se retourna sur le seuil, pour la contempler en silence, avant d'ajouter :

– Pourquoi m'as-tu donc épousé? Je ne parviendrai jamais à le comprendre!... En tout cas, je verrai mon avocat dès demain. Bonne nuit.

Quand il eut disparu, la signification de ses propos si secs et définitifs frappa brutalement Laura, de plein fouet. Sans pouvoir s'en empêcher, elle se prit la tête à deux mains et éclata en sanglots.

Après tout, les explications de Robert paraissaient plausibles, mais il savait tellement bien jouer la comédie! Il fallait se méfier de ses talents d'acteur, car il s'y entendait, pour convaincre un auditoire! en fait, la vérité se trouvait probablement du côté de Cara. Son acte désespéré n'en était-il pas la preuve indubitable?

Le lendemain, l'exposition des maquettes des décors suscita l'admiration de toute la troupe. Pendant que tous s'extasiaient, posaient des questions et se répandaient en compliments, Tom Yates, le dessinateur, un blond rêveur et mélancolique aux yeux gris-bleu, ne cessa de contempler Laura.

Elle portait un ensemble-pantalon en daim vert amande, car elle devait déjeuner avec Tony Monk, et avait abandonné pour l'occasion son habituel blue-jean délavé. Tom Yates s'approcha avec un sourire et lui demanda avec une franchise abrupte :

– J'ai envie de vous dessiner. Quand pouvez-vous poser pour moi?

Elle éclata de rire.

– C'est très flatteur! Mais je n'ai guère de temps libre...

– Et ce soir, par exemple?

– Les artistes ne préfèrent-ils pas travailler à la lumière du jour, généralement?

– Cela vaut pour la peinture, en effet, pour des raisons techniques. Mais rien ne m'empêche de tracer quelques esquisses sous un éclairage artificiel. Cela ne présente absolument aucun inconvénient. Voulez-vous venir dans mon studio?

Polly, qui avait surpris sa dernière question, murmura malicieusement à l'oreille de Laura :

– Attention! C'est un piège!

Yates poussa un soupir d'exaspération en observant leurs deux visages moqueurs.

– Je vous veux comme modèle, franchement, insista-t-il. Amenez Polly, si vous avez vraiment besoin d'un chaperon.

– Je vous fais confiance, déclara avec emphase Laura, amusée par son ton ironiquement dédaigneux. Mais pas ce soir, je serai trop fatiguée. Une autre fois

– Demain, alors? persista-t-il.

Robert apparut à ce moment-là et interrompit leur conversation.

– Que penses-tu des décors, Laura? questionna-t-il d'une voix tendue, tout en jetant au dessinateur un regard visiblement hostile.

Se désintéressant ostensiblement des bavardages du metteur en scène, Yates réprima un bâillement d'ennui et déclara :

– J'ai trop de choses à faire pour rester ici à perdre mon temps. Je repasserai plus tard chercher mes maquettes.

A ces mots, il tourna les talons et s'en alla sans même leur dire au revoir.

– Quel curieux personnage! remarqua Robert, laconique.

– Lui permettras-tu de te dessiner, Laura? demanda Polly avec malice, tout en observant les réactions de Robert.

Il la regardait en silence, impassible apparemment. Seules ses lèvres imperceptiblement comprimées trahissaient un certain agacement.

– Oui, je crois, répondit Laura tout doucement.

Tu as bien raison, conseilla Polly. Yates est un artiste de grand talent. Il mériterait davatage de succès. On le trouve parfois irritant, tant il est distrait et susceptible, mais il crée de véritables chefs-d'œuvre. J'ai vu quelques-unes de ses toiles cet été, à l'exposition de la « Royal Academy ». C'était stupéfiant de vigueur et de sûreté. Crois-moi, j'aurais été ravie s'il m'avait adressé pareille proposition.

Je lui rapporterai tes propos.

Non! répliqua vivement Polly en rougissant. De toute façon, mon visage ne l'intéresserait pas.

Qu'en sais-tu?

Il me l'a dit, avoua platement Polly.

– Quel audace monstrueuse!

Yates avait dû blesser la jeune actrice, car elle hocha la tête d'un air gêné et bredouilla faiblement :

Il est ainsi. Il ne s'embarrasse pas de formules de politesse, et exprime directement le fond de sa pensée.

– Cet homme me paraît tout à fait détestable!

– Parce qu'il est honnête? demanda Robert sur un ton sardonique. C'est bien une réflexion de femme!

La franchise n'est pas toujours une qualité, lorsqu'elle est brutale et provoque de la peine, rétorqua Laura.

Très mal à l'aise, Polly battit en retraite et laissa les deux adversaires s'affronter face à face.

En tout cas, ajouta Laura impulsivement, tu es sans doute mal placé pour discuter de ce sujet.

Elle regretta immédiatement ces paroles fâcheuses, qui lui avaient échappé presque malgré elle. Elle ne les pensait pas vraiment, et avait parlé sous l'emprise de la colère, à cause de ce terrible gouffre qui ne cessait de se creuser entre elle et Robert.

– Je te remercie, articula-t-il d'une voix glaciale, en détachant chaque syllabe avec un mépris manifeste.

– Laura! appela Tony Monk, qui la cherchait.

Soudain toute la troupe se retourna, et un silence de mort tomba lorsque chacun se rendit compte de l'hostilité évidente des deux vedettes. Au bout d'un moment, sans un mot, Robert s'éloigna, avec une fierté arrogante.

Il lui laissa une note succinte sur la coiffeuse de sa loge un peu plus tard : « J'ai vu mon avocat. Robert. »

Quand Laura releva les yeux, elle croisa le regard d'Emily dans le miroir.

– Il a déposé ce papier il y a à peine cinq minutes, déclara l'habilleuse à mi-voix.

– Vous parle-t-il? questionna doucement Laura.

– Habituellement, non, mais tout à l'heure... Il m'a demandé... dans quel hôpital Cara était morte, bredouilla Emily, au bord des larmes.

– Pourquoi? l'interrogea la jeune fille, stupéfaite.

– Je l'ignore... Lorsque je lui ai donné l'information, il est reparti aussitôt.

Laura relut son mot laconique, griffonné à la hâte de son écriture ferme et penchée, puis le froissa avec un froncement de sourcils et le jeta dans la corbeille à papier.

La répétition s'était bien passée. Robert s'était montré froid et réservé avec elle, beaucoup plus calme et compréhensif, et pourtant Laura se sentait accablée par les difficultés. Certes, leur mariage ne rimait strictement à rien; il fallait en finir avec cette situation ridicule et équivoque. Néanmoins, la seule idée de divorcer l'ulcérait, et lui serrait le cœur. Une évidence s'imposait avec force : elle ne s'était pas encore détachée de Robert, malgré son mépris et sa haine envers lui.

Lorsqu'Emily lui avait raconté l'histoire de sa sœur et son aventure avec Robert, elle était devenue littéralement folle de rage et de jalousie. Imaginer robert avec une autre femme lui était intolérable. Et le suicide de Cara l'emplissait d'un mélange de colère et de pitié.

Incapable de supporter ce choc abominable, elle s'était enfuie, horrifiée.

Durant les derniers mois, elle avait réussi à surmonter ce terrible traumatisme, mais ses sentiments envers Robert étaient d'une affreuse complexité. Ses émotions s'étaient figées soudainement, à leur point culminant, sans toutefois disparaître. En fait, elle était peut-être plus passionnément amoureuse que jamais, à cause de ce désir intense de son corps, qui ne s'était pas pleinement exprimé, et dont la réalisation avait été frustrée. Malgré elle, il s'était réveillé à la minute même où elle avait revu Robert. Il lui était impossible de nier la sensualité de tout son être, qui la poussait vers lui, irrévocablement.

L'amour et la haine déchiraient son cœur. Elle demeura longtemps éveillée, cette nuit-là, à contempler le ciel étoilé, et la dérive des nuages sombres poussés par le vent. Que de tourments interminables! Quand donc finirait ce supplice?

Elle se réveilla épuisée le lendemain. Quand elle arriva au théâtre, Robert descendait de voiture, et ils pénétrèrent ensemble à l'intérieur.

– Tu es sortie, hier soir? demanda-t-il en la dévisageant avec attention. Tu as l'air morte de fatigue.

– Ne t'inquiète pas, cela ira! lança-t-elle avec désinvolture, sans le détromper.

– Je l'espère... Un bon comédien doit ménager sa forme et ses forces. Repose-toi, ce soir, lui conseilla-t-il sèchement. Sinon, tu seras incapable de fournir du bon travail. Ces premières séances de répétitions sont extrêmement importantes, tu le sais.

Laura se ressaisit, pour éviter de s'attirer les sarcasmes de Robert tout au long de la journée. Au prix d'énormes efforts, elle parvint à se comporter avec une aisance apparemment naturelle, et à satisfaire ses exigences de metteur en scène. Mais il la guettait constamment, comme un aigle prêt à fondre sur sa proie, et ne lui laissa aucun répit.

Pendant la coupure du déjeuner, elle se reposa dans sa loge, et grignota un sandwich, sans appétit. Par la porte restée ouverte, elle entendit quelqu'un arriver dans le couloir, puis, tout de suite après, l'intonation chaude et grave de Robert.

- Ma chère Felicity! Comme je suis heureux de vous revoir!

– Cher Robby? soupira une jeune voix féminine.

Laura sursauta et grimaça de mécontentement. Robby? Quel surnom ridicule!

- Avez-vous déjeuné? questionna Robert.

- Non...

- Eh bien, je vous invite avec plaisir. J'ai une table réservée au « Patty Pan ». Venez.

- Oh, je suis ravie! susurra Felicity. Vous êtes tellement gentil avec moi, Robby. Je ne sais comment vous remercier.

- Je songerai à un moyen, répliqua Robert avec une nonchalance étudiée.

Lorsqu'ils passèrent devant la loge de Laura, il lui adressa dans la glace un clin d'œil moqueur, lourd de sens. Laura baissa promptement les paupières, pour ne pas lui donner la satisfaction de lire dans son regard la jalousie qui la dévorait. Puis, quand le couloir fut redevenu silencieux, elle se leva pour fermer la porte, et resta debout un instant, le dos appuyé contre le mur, à pleurer doucement. Quand ses larmes se tariraient-elles? Connaîtrait-elle un jour, à nouveau, la paix et la sérénité? Elle n'avait plus aucun pouvoir sur Robert, mais lui, possédait encore celui de la faire souffrir.

4

Tom Yates habitait un studio, au dernier étage d'une maison victorienne de Camden, un quartier modeste et tranquille, qui conservait du siècle dernier une sorte de dignité mélancolique. Yates descendit ouvrir la porte d'entrée et observa Laura d'un air absent.

– Oh, oui, bonsoir! lança-t-il finalement. J'avais presque oublié votre visite... Au fusain, ajouta-t-il en hochant la tête pensivement. Oui, ce sera parfait.

Ils entamèrent la montée des trois étages. Sur le palier du second, ils rencontrèrent un jeune étudiant hindou qui les salua timidement. Yates s'arrêta pour échanger quelques paroles amicales, mais ne se soucia même pas de présenter Laura. D'ailleurs, il semblait à peine se rendre compte de sa présence!

Il régnait dans son studio, une pièce tout en longueur, un froid épouvantable. Laura frissonna, tout en jetant un coup d'œil circulaire. Tôt le matin, la lumière devait inonder la pièce par les grandes baies vitrées qui occupaient presque tout un côté. Sur les murs blancs étaient accrochés de nombreux tableaux, et des toiles s'entassaient dans les coins. Un chevalet, un immense bureau, et un canapé jonché de coussins multicolores constituaient tout le mobilier, avec deux chaises et une bibliothèque branlante, chargée de livres.

– Mmm... Asseyez-vous, marmonna Yates pensivement. Ici, précisa-t-il en indiquant un siège.

Laura obtempéra, pendant qu'il continuait à la regarder, impassible. Puis il s'approcha et rectifia la position des bras, du buste, des jambes, exactement comme si elle était une poupée de chiffon.

– Voilà qui est mieux, déclara-t-il enfin, satisfait.

Il se plaça avec son matériel à quelques mètres d'elle, et se mit à l'ouvrage, en silence. Il crayonnait sa feuille avec des gestes vifs et précis, et ses yeux allaient et venaient sans cesse du dessin au modèle.

– Comment en êtes-vous arrrivé à faire des décors de théâtre? questionna Laura d'une voix polie.

– Par hasard, marmonna-t-il.

– Cela vous plaît?

– Naturellement, répliqua-t-il abruptement. Sinon je n'aurais pas accepté.

Le mouvement continuel de ses longs doigts minces et habiles fascinait la jeune actrice. Cet homme blond, extrêmement pâle, paraissait irréel, comme une apparition lointaine et fantasmagorique.

De toute évidence, il n'aimait pas bavarder en travaillant, et même, cela l'irritait. Elle se tut donc, et se retrancha dans ses propres pensées, prenant ainsi sans s'en rendre compte une pose plus gracieuse et détendue.

Yates poussa subitement une exclamation, et commença un nouveau dessin, avec une exaltation fébrile. Absorbée dans de moroses rêveries concernant Robert, Laura avait en cet instant précis une expression saisissante d'abandon et de tristesse, que Yates croqua sans tarder, sur le vif.

Dans l'atmosphère tendue et recueillie, on n'entendait que le grattement du fusain sur le papier.

– Vous arrrive-t-il de rire, parfois? demanda-t-il à brûle-pourpoint.

Elle cligna des paupières et le regarda avec de grands

yeux étonnés; puis un adorable sourire éclaira ses traits.

– Pardon? Excusez-moi, j'étais à mille lieues d'ici..

– C'est sans importance, murmura-t-il en attaquant férocement une autre esquisse.

Un peu plus tard, il marqua une pause et s'enquit gentiment :

– Fatiguée?

En effet, Laura était passablement courbatue. Elle étira ses bras engourdis en baillant comme un enfant sur le point de s'endormir.

– Pouvez-vous revenir souvent? l'enterrogea-t-il en allant allumer le gaz sous la bouilloire.

Prise au dépourvu, elle ne répondit pas tout de suite.

– Eh bien? insista-t-il brusquement.

– Vous voulez une deuxième séance?

Celle-ci avait pourtant duré plus d'une heure, et de nombreux dessins s'amoncelaient déjà par terre, là où Yates les avait posés, au fur et à mesure, à même le plancher, pour ne pas perdre de temps.

– Bien sûr! lança-t-il. Vous avez un visage étonnamment transparent. Toutes vos pensées s'y reflètent. On y lit comme dans un livre.

– Vraiment? s'écria-t-elle, alarmée. Cela ne me plaît pas beaucoup...

– Tant pis, ce n'était d'ailleurs pas un compliment!

Comme elle éclatait de rire en renversant la tête en arrière, il reprit son fusain et s'empressa de fixer cette expression sur une feuille blanche.

– Conservez la pose, voulez-vous? l'enjoignit-il.

– Je ne peux pas... protesta-t-elle.

Il termina rapidement, puis reposa sa question :

– Quand aurez-vous une autre soirée à me consacrer?

Elle haussa les épaules.

– Je ne sais pas. Je suis très occupée.

– Même pour poser pour moi?

Son orgueil naïf et arrogant fit naître un sourire sur ses lèvres.

– J'en aï peur, en effet! déclara-t-elle. J'ai moi aussi ma propre carrière à mener, ne l'oubliez pas!

– Vous jouissez tout de même de moments de liberté! protesta-t-il sur un ton boudeur.

– Je verrai, promit-elle.

Il lui tendit une tasse de thé, et tout en buvant la siennc à petites gorgées, il passa en revuc la série de dessins.

– Je n'ai pas encore réussi à restituer fidèlement votre joli minois, la taquina-t-il. Il est très instable et changeant, comme du vif-argent. Il est très difficile de saisir en quelques traits une expression caractéristique; Elles sont tellement fugaces! C'est comme si je cherchais à emprisonner dans mes mains des reflets du soleil sur une eau limpide et ondoyante. Ils sont là, mais insaisissables, inconsistants et capricieux.

Laura reposa sa tasse.

– Je dois partir, à présent.

Tout en la raccompagnant en bas, il poursuivit la conversation :

– J'ai hâte de vous voir sur scène. J'aimerais d'ailleurs beaucoup exécuter qulques croquis quand vous êtes en train de jouer. Pendant les répétitions, peut-être?

– Il vous faudra demander la permission au metteur en scène, s'empressa de répondre Laura, qui ne voulait surtout pas risquer d'indisposer Robert.

– Oh, Davies! D'accord, je lui en parlerai. Cet individu ne m'est guère sympathique.

– Ah bon? Pourquoi?

– A cause d'une rivalité dans une histoire sentimentale; rien de très original, n'est-ce pas?

Laura s'immobilisa subitement, les sens en alerte.

– Qui était la jeune fille?

Yates haussa les épaules.

– De toute façon, vous ne la connaissez pas. Elle est morte.

Puis il se retourna abruptement et remonta l'escalier en courant. Laura le regarda disparaître avec un frisson d'appréhension.

Il s'agissait de Cara Lamb... La coïncidence ne pouvait concerner quelqu'un d'autre. Mais comment Tom Yates était-il au courant de sa brève aventure avec Robert? Cara avait-elle ébruité cette affaire? A combien de personnes en avait-elle parlé? Et si Robert avait dit la vérité, se trouverait-il quelqu'un pour confirmer son jugement sur la moralité douteuse de Cara?

Le lendemain, pendant les répétitions de la matinée, Polly l'assaillit de questions sur sa visite chez le peintre Son air faussement désinvolte et détaché ne trompa pas Laura : sans aucun doute, Yates intéressait énormément la jeune fille.

Lorsqu'un peu plus tard il vint s'asseoir en face de Laura et ouvrit son carton à dessins sur ses genoux pour se mettre à l'ouvrage, Polly devint subitement très pâle, comme sous l'effet d'une grande douleur, ou d'un choc violent..

Tout d'abord, Robert ne remarqua pas Yates. Accaparé par son travail, il continua à diriger les acteurs, distribuant ordres et conseils, corrigeant là une intonation, là un geste Il se montrait beaucoup plus indulgent avec les autres, constata Laura amèrement, une nouvelle fois. Pourquoi était-il si dur et injuste avec elle?

Soudain, Robert aperçut Yates. Il marqua un temps d'arrêt et fronça les sourcils d'un air furieux. Puis il s'approcha de l'artiste par derrière, pour le surprendre, comme un lion prêt à bondir sur sa proie.

Que faites-vous? Qui vous a autorisé à assister à mes répétitions? rugit-il en foudroyant Laura du regard. On n'entre pas dans ce théâtre comme dans un moulin!

Yates se leva calmement, et demanda avec une froide insolence :

– Je vous gêne?

– Parfaitement! cria Robert, rouge de colère. A l'avenir, je vous prie de ne pas vous installer ici sans mon consentement préalable.

Les comédiens ignorèrent discrètement la scène, en évitant de se regarder, mais l'éclat de Robert et ses sous-entendus perfides n'avaient échappé à personne. Naturellement, en tant que metteur en scène, il n'avait pas entièrement tort, mais sa maladresse risquait de provoquer un malaise pesant, car Yates, associé à la production, n'était pas vraiment étranger à la troupe.

– Dakire ne vous a donc pas parlé? reprit Yates de sa voix aux accents traînants. Excusez-moi. Sincèrement, je vous croyais au courant.

Interloqué, Robert demeura un instant cloué sur place, sans réaction. Lord Dakire, un homme très influent, l'un des directeurs du « New Horizon », avait placé des sommes d'argent considérables dans cette entreprise. A quarante ans, ce magnat des affaires, passionné de théâtre, avait décidé de jouer les mécènes pour le plus grand plaisir du public des connaisseurs. Mais la recherche de la qualité n'excluait cependant pas chez lui le sens du profit et du succès commercial.

Furieux d'être placé par Yates dans une position aussi désavantageuse, Robert demanda sur un ton cassant, en désignant le grand bloc de papier :

– A quoi vous amusez-vous, précisément?

– Je dessine Laura, murmura Yates.

– Je vois...

Hautain et glacial, il retourna se placer au centre de la scène. Horriblement gênés, les autres acteurs firent semblant d'être absorbés par la lecture de leurs feuillets dactylographiés, et de n'avoir rien entendu...

Ce soir-là, Polly annonça à Laura :

– J'organise une petite fête chez moi, demain. Je t'invite.

– Comment faut-il s'habiller?

– Comme cela te chante. En tout cas, amène quelqu'un. Ton chevalier servant du moment!

– Laissez-moi deviner! lança Robert qui s'était approché silencieusement. Le jeune Monk ferait l'affaire, mais je parierais plutôt pour Yates. Il est très sûr de lui et déterminé, sous ses airs distraits et rêveurs. Il sait ce qu'il veut, et va droit au but.

– Aurait-il entrepris la conquête de Laura? questionna Polly en affectant un ton badin.

– J'en jurerais, déclara Robert en dévisageant froidement Laura.

– Dans ce cas, Robert, venez donc sur place vérifier vos hypothèses! proposa Polly avec un rire forcé.

– Merci. Où habitez-vous?

Il sortit son agenda pour noter son adresse.

– Parfait. Me faut-il également une cavalière?

– Bien sûr!

– Eh bien, je téléphonerai à Félicity. Elle sera peut-être libre.

Tandis qu'il s'éloignait, Polly décréta sournoisement :

– Elle le sera. Felicity est toujours disponible, pour Robert... La connais-tu?

– De vue, seulement, réoindit Laura avec une désinvolture étudiée.

Mais sous son calme apparent se cachait une vive émotion. Elle avait l'impression de dériver sur les glaces flottantes d'un immense fleuve, au cœur d'un hiver interminable. Bientôt, elle perdrait Robert de vue, complètement, et ce ne serait plus autour d'elle qu'une infinie désolation.

Yates la raccompagna chez elle dans sa vieille voiture de

sport décapotable. Transie de froid, le visage fouetté par le vent, Laura se recroquevilla sur son siège, tout en observant le conducteur du coin de l'œil. A quoi pensait cet homme étrange? Le regard fixé droit devant, il ne prononça pas une seule parole de tout le trajet.

– Puis-je entrer? demanda-t-il en se garant devant l'immeuble.

– Non! répondit-elle en riant. Je suis trop fatiguée...

Se souvenant subitement de l'invitation de Polly, elle ajouta :

– Aimeriez-vous venir avec moi à une soirée, demain?

– Je déteste ce genre de distractions, déclara-t-il d'un air blasé.

– Tant pis! lança-t-elle, mi-vexée, mi-amusée.

– Mais j'accepte néanmoins votre offre, si vous consentez à poser pour moi.

– Donnant donnant! le taquina-t-elle. Eh bien d'accord, marché conclu!

Il se contenta de hocher la tête, marmonna un vague bonsoir, et redémarra aussitôt. Quel curieux personnage! songea Laura en regardant sa voiture tourner au coin de la rue. Il était totalement dénué d'humour et peu de choses l'intéressaient, en dehors de son art. Il semblait s'attacher uniquement à l'aspect extérieur des gens, comme si leurs pensées et leurs ressentiments lui étaient indifférents. Pourtant, le visage des êtres humains ne reflétait-il pas justement leur vie intérieure?

Il arriva chez elle avec une bonne heure d'avance et la fit poser assise sur son sofa, un bras sur le dossier, le regard perdu dans un lointain imaginaire. Perché sur un tabouret, il se mit au travail avec sa vivacité coutumière.

– Vous ressemblez à une sirène, déclara-t-il en admirant son long fourreau de soie vert émeraude.

Lui-même avait fait un effort, et avait revêtu un

pantalon blanc et une chemise bleu marine, à col ouvert.

Laura dut lui rappeler plusieurs fois leurs obligations pour le contraindre à délaisser ses fusains. Il y consentit à contrecœur et tous deux se mirent en route vers l'appartement de Polly. Heureusement, Yates avait aujourd'hui baissé la capote de sa voiture, mais Laura était néanmoins gelée en arrivant.

Polly demeurait dans un immeuble moderne, bâti au sommet d'une colline. De ses fenêtres on découvrait un superbe panorama de Londres. Plus près, un parc magnifique s'offrait à la vue, avec ses pelouses bien soignées et ses immenses conifères. Les baies rouges des buissons de houx et le gui suspendus aux branches des arbres annonçaient déjà l'approche de Noël.

« Noël! » songea rêveusement Laura. Elle avait passé cette fête dans bien des endroits différents, mais jamais la perspective de l'année finissante ne l'avait autant déprimée. Plus le temps s'écoulait, plus sa séparation d'avec Robert devenait inéluctable...

Elle se raidit nerveusement quand il leur ouvrit lui-même la porte. Son pantalon noir et sa chemise de soie blanche accentuaient sa haute taille et sa fière prestance. Il avait une allure un peu méditerranéenne, et il s'inclina d'ailleurs devant eux avec une arrogance de matador espagnol.

Te voilà enfin, lança-t-il insolemment à Laura. Tu es très en retard. Tout le monde se demandait où tu avais disparu.

Je ne me suis pas rendu compte de l'heure, bredouilla-t-elle en rougissant.

J'étais en train d'exécuter quelques croquis d'elle, l'informa Yates platement.

Lui et Robert se dévisagèrent avec une hostilité manifeste. Puis, Robert s'effaça pour le laisser entrer, et rattrapa fermement Laura par le bras.

– J'ai à te parler en tête-à-tête, déclara-t-il.

Yates se retourna à ce moment-là et interrogea Laura du regard.

– Je vous rejoins tout de suite! l'assura-t-elle avec un sourire.

Il haussa les épaules, et s'éloigna en direction du bruit et de la lumière, tandis que Robert entraînait Laura au dehors, dans le jardin.

– J'ai consulté mon avocat, annonça-t-il d'un air absent.

– Ah bon? répliqua-t-elle froidement, sans exprimer la moindre émotion.

– Selon lui, l'affaire est très simple et sera vite réglée. Attention toutefois de ne pas trop te compromettre!

– Que veux-tu dire?

Le ton sardonique de Robert l'irritait considérablement...

– Tu ne devrais pas voir Yates aussi souvent. A force de t'afficher avec lui, tu risques de faire jaser, et les ragots nuiront forcément au bon déroulement du procès.

– Je ne comprends pas.

– Ne crée pas de remous inutiles autour de cette histoire. Il ne sert à rien d'indisposer le juge contre nous par les effets de ta mauvaise volonté.

– Il est très facile d'obtenir un divorce, le défia-t-elle calmement.

– Généralement, oui. Mais c'est différent dans notre cas. Nous sommes célèbres. Les reporters ne se priveront pas pour étaler notre vie privée dans les colonnes de leurs journaux. Préfères-tu une séparation discrète et courtoise, ou un scandale public, qui éclaboussera fatalement notre réputation?

– Combien de temps nous faudra-t-il attendre? demanda-t-elle en éludant sa question.

– Des mois, j'en ai peur.

– Eh bien, je n'ai pas l'intention de me cloîtrer pendant une période aussi longue, rétorqua-t-elle sèchement. J'ai le droit d'avoir des amis, de sortir, de m'amuser. J'exerce un métier fatigant, éprouvant pour l'équilibre nerveux. Les distractions me sont absolument nécessaires, et j'entends bien me détendre quand je veux, avec qui j'ai envie.

– Yates est un compagnon agréable? se moqua-t-il sur un ton cassant. Tu t'es bien divertie avec lui, avant de venir ici? En tout cas, je compte bien lui interdire de flirter ainsi avec ma femme!

– Nous ne sommes pas vraiment mariés, et plus pour très longtemps, de toute manière.

– Le divorce n'a pas encore été prononcé, lui rappela-t-il en la foudroyant du regard.

– Malheureusement!

– Je partage tes regrets, crois-moi! déclara-t-il avec une dureté mauvaise.

A ce moment-là, la porte de l'appartement s'ouvrit. Un flot de lumière les inonda soudain et Laura cligna des yeux, éblouie, en s'écartant machinalement de Robert. Une frêle jeune fille blonde, vêtue d'une robe de mousseline rose vif apparut dans l'embrasure. Son profond décolleté découvrait largement ses épaules, mettant en valeur sa peau très blanche, aux reflets nacrés.

– Robby, susurra-t-elle en minaudant. Je vous ai cherché partout!

Laura reconnut immédiatement la voix de Felicity, qui devait tenir le rôle d'Essie dans « Le disciple du diable ».

L'expression de Robert se métamorphosa sur-le-champ. Un sourire gai et charmeur se dessina aussitôt sur ses lèvres... Laura en eut le cœur brisé. A elle aussi, il avait souri ainsi, naguère. Cela semblait maintenant remonter à une éternité...

– J'arrive, murmura-t-il avec empressement.

Felicity étudia Laura silencieusement, sans déguiser sa curiosité. Dans ses yeux d'un bleu intense, très dur s'alluma une lueur d'antipathie, mêlée d'un mépris évident.

Quand elle eut disparu avec Robert à l'intérieur, Laura les suivit lentement. Les nombreux invités se pressaient en petits groupes serrés près du buffet dressé dans un coin du salon. Yates se tenait près de la porte, seul. Quand il la vit, son visage s'illumina d'un sourire chaleureux qui la réconforta aussitôt. Elle se surprit même à le trouver extrêmement séduisant.

– Voici pour vous! dit-il en lui tendant un verre. Vous avez probablement besoin d'un bon cordial!

Laura but tranquillement son apéritif, sans relever sa remarque. Elle n'avait pas envie de discuter de Robert, ni avec Yates, ni avec quiconque. De l'autre bout de la pièce, Polly agita le bras dans sa direction, mais apercevant Yates, elle se détourna vivement. Il faudra absolument lui parler... songea Laura distraitement.

De temps à autre, les gens s'approchaient d'eux pour bavarder. Yates répondait à leurs questions brièvement, s'ils s'adressaient directement à lui, ou les ignorait complètement. Il passa le plus clair de la soirée à observer Laura, sans la moindre retenue. La jeune fille en conçut même une certaine gêne. Pourquoi la fixait-il ainsi constamment? Cela en devenait indiscret et inconvenant!

Finalement, elle se risqua à lui poser la question.

– Vous me fascinez, déclara-t-il abruptement.

– Oh, répondit-elle platement, prise de court.

– Votre visage possède une moblilité étonnante. Quel défi, pour un peintre! J'essaie de trouver l'expression la plus caractéristique de vos traits.

– Y parvenez-vous? le questionna-t-elle avec une pointe d'amusement.

– Je n'en suis pas encore sûr.

Derrière lui, elle aperçut Robert, qui dansait avec Felicity, la joue contre ses boucles blondes, une main enserrant sa taille. Appuyée contre son épaule, la jeune fille savourait cet instant avec un plaisir évident et s'abandonnait lascivement à son étreinte, bercée par le rythme langoureux de la musique.

– Voilà! C'est cela! s'écria Yates.

Laura sursauta.

– Comment?

– L'air que vous aviez il y a un instant... C'est celui qui définit le mieux votre physionomie. Il apparaît immanquablement à la vue de Robert Davies.

Le sang lui monta aux joues. Cramoisie, elle essaya de rire pour masquer son trouble.

– Vraiment?

Yates ne se départit pas de sa gravité.

– J'ai souvent remarqué son pouvoir de séduction sur les femmes. Elles se jettent toutes dans ses bras, comme de stupides écervelées. Une autre de mes amies, par le passé, est déjà tombée éperdument amoureuse de lui. Il l'a complètement détruite, foulée aux pieds. Mais elle n'a jamais pu l'oublier. Au contraire, plus il la repoussait, plus elle s'humiliait devant lui. C'est homme lui a été fatal. Méfiez-vous de lui. C'est un impitoyable bourreau des cœurs.

Aux aguets, Laura demanda à brûle-pourpoint :

– Qui est cette amie en question? Cara Lamb?

La mâchoire crispée, Yates la scruta avec méfiance.

– La connaissiez-vous?

– Sa demi-sœur était mon habilleuse. Elle l'est toujours, d'ailleurs.

– Pauvre petite, murmura Yates.

– Vous étiez très proches? l'interrogea Laura doucement.

Elle n'osait pas manifester trop de curiosité, de peur de le heurter par son indiscrétion et de mettre un terme à ses confidences.

Les yeux perdus dans le vague, le visage déformé par la douleur et le dégoût, il avoua :

– Je l'aimais.

Sur ses traits blêmes se peignirent alors avec une acuité insupportable toute la torture et l'angoisse d'un amour malheureux, non partagé. Laura en éprouva pour lui une immense compassion. Quelle injustice, de souffrir de la sorte!

Après cet aveu difficile, Yates s'épancha dans un flot de paroles, comme s'il avait besoin depuis bien longtemps de confier ses peines à quelqu'un, et de soulager son cœur du poids de ce fardeau trop lourd à porter seul.

– Sous ses apparences de séductrice et de femme sophistiquée, Cara était encore une petite fille, de bien des façons. Je blâme beaucoup sa demi-sœur de l'avoir introduite dans ce monde dépravé du spectacle. Les périls sont nombreux et menacent les gens fragiles et sans défense, comme elle. Cara n'était pas assez mûre pour résister aux dangers; elle a succombé tout de suite et a œuvré à sa perte, malgré elle.

– A cause de Robert? l'interrogea Laura d'une voix mal assurée.

Yates secoua la tête.

– Il est venu plus tard. Les premiers étaient plus jeunes, voraces comme des requins, totalement dénués de scrupules. Cara a eu trop d'expériences, en trop peu de temps. Elle a voulu devenir adulte du jour au lendemain, sans tirer les leçons de ses mésaventures. Elle a brûlé sa vie, très vite. C'était affreusement pénible à regarder. Je me sentais un témoin impuissant de sa déchéance. Il sufffisait le la voir pour comprendre son drame. Des ombres inquiétantes dansaient au fond de ses yeux. Elle s'est droguée, pendant un temps, mais a réussi à se détacher de ce vice. Puis, elle a rencontré Davies, à un moment où elle était encore très instable et perturbée. Elle s'est raccrochée à lui comme un noyé à une branche d'arbre. Il l'a séduite, l'a abandonnée lorsqu'elle s'est retrouvée enceinte, et elle s'est suicidée.

– Ne soyez pas trop injuste envers Robert, lui reprocha doucement Laura. On ne séduit pas une femme qui a déjà eu des aventures innombrables...

– Ce n'est pas une raison suffisante pour se comporter comme un goujat! L'attitude passée de Cara avec les hommes n'autorisait en aucun cas Davies à abuser d'elle.

Livide, outré, il poursuivit d'une voix rauque :

– Cela dispensait-il Davies de s'occuper d'elle et de son bébé? Sa lâcheté est impardonnable. Lorsqu'elle l'a supplié de l'épouser, il lui a ri au nez, et l'a insultée, la traitant de fille des rues, et pire encore...

Il tremblait d'indignation. Surprise de lui découvrir une nature si vive et emportée, Laura l'observa avec stupéfaction. Elle avait peine maintenant à s'imaginer son air coutumier d'indifférence blasée. Ses yeux brûlaient comme des charbons ardents; tout son être vibrait d'émotion. Saisie par un pressentiment, elle demanda d'une voix pleine de compassion :

– Avez-vous été son amant, Yates?

Pâle comme un mort, il demeura silencieux pendant une longue minute, puis confessa sourdement, à l'agonie :

– J'ai été le premier. Dieu me pardonne... Je l'aimais. Mais je n'ai pas su la retenir. Je l'ai perdue presque aussitôt, et ai contemplé sa déchéance, impuissant. Elle courait à sa ruine, de plus en plus vite, de plus en plus sûrement... Davies a été le dernier. Il l'a achevée.

– En êtes-vous certain? Ne le noircissez-vous pas à plaisir, outrageusement, pour ne pas avoir à supporter le poids intolérable de votre propre culpabilité? Ne reportez-vous pas sur lui une part de votre responsabilité, afin de soulager votre souffrance?

Yates tourna vers elle un regard affreusement angoissé. Puis, sans un mot, il se fraya un chemin parmi la foule des invités et disparut au dehors.

5

Laura devint écarlate en se sentant soudain devenir un objet de curiosité. Les gens chuchotaient en l'observant furtivement, s'interrogeant de toute évidence sur les raisons du brusque départ de Yates. Elle força un sourire de commande sur ses lèvres, et garda la tête haute, dignement, pour tenter de préserver son calme.

L'air inquiet, Tony Monk s'approcha. Il avait dû observer la scène, tout à l'heure.

– Tout va bien? s'enquit-il.

Elle l'accueillit avec une reconnaissance chaleureuse.

– Oui, merci. Yates était un peu contrarié, mais ce n'est pas bien grave.

Quelle ironie! songea-t-elle tristement en donnant cette explication de convenance. Ils venaient d'évoquer la mort d'une femme, et pourtant, il fallait dissimuler, sauvegarder les apparences, comme si tout cela ne revêtait aucune importance...

Tony glissa un bras autour de sa taille et l'attira discrètement vers la cuisine, tout en bavardant gaiement pour tâcher de masquer aux yeux des autres la détresse évidente de la jeune fille.

Une fois à l'écart, il referma la porte et la lâcha.

– Vous serez mieux là, au calme, pour vous ressaisir.

– Vous êtes très gentil.

– Et vous, merveilleusement belle, déclara-t-il abruptement.

Déconcertée, elle battit des paupières. Tony profita de sa surprise pour se pencher et l'embrasser très légèrement sur les lèvres, en la tenant doucement par le coude.

Encore sous le choc de sa conversation avec Yates, Laura n'opposa aucune résistance, et demeura là, passive, sans réagir. A ce moment-là, la porte s'ouvrit et le vacarme assourdissant de la fête retentit brutalement à leurs oreilles, puis s'estompa à nouveau.

A regret, Tony releva la tête et se retourna. Le dos au mur, les bras croisés dans une pose sarcastique, Robert les fixait tous deux d'un air moqueur.

– Désolé d'interrompre cette scène touchante! railla-t-il.

La colère gagna Tony.

– Vous êtes de trop ici, Davies. Que voulez-vous?

– J'ai quelque chose à dire à ma femme, lança-t-il en insistant avec emphase sur les derniers mots.

Une expression vexée et jalouse se peignit sur les traits de Tony. Gêné, il implora Laura du regard, espérant son appui. Mais elle se sentit incapable de renvoyer Robert. Elle avait trop besoin de lui parler. Comme elle l'avait méjugé! Une terrible méprise au sujet de Cara les avait stupidement séparés. Quelle sottise, de s'être laissé influencer par Emily, au lieu d'accréditer la version de Robert! A présent, les propos de Yates confirmaient indéniablement certains faits concernant la vie dissolue de Cara. Si le reste de l'histoire était vrai, elle avait sottement détruit son mariage et ses chances de bonheur, à cause d'un féroce accès de jalousie..

Avec un sourire d'excuse, elle murmura :

Pardonnez-moi, Tony. Robert et moi avons à discuter.

Il haussa les épaules et s'éloigna de mauvaise grâce.

Robert s'écarta pour le laisser sortir, avec un air triomphant.

Après le départ de Tony, ils demeurèrent un instant face à face, immobiles. Robert rompit le silence le premier :

– Eh bien? questionna-t-il impatiemment.

– Tu désirais me parler, je crois? répliqua-t-elle, ne sachant trop comment entamer le dialogue.

Il alla droit au but :

– Que s'est-il passé entre toi et Yates? Il est amoureux de toi, n'est-ce pas?

Laura écarquilla de grands yeux étonnés.

– Yates? Tu plaisantes!

Son exclamation incrédule ne convainquit pas Robert. Sa mine sévère s'assombrit davantage encore.

– Tu es décidément une charmeuse! Tu les collectionnes! Polly n'avait pas tort de te décrire comme une femme fatale! J'ai été bien naïf de ne pas m'en rendre compte plus tôt!

– Polly exagère toujours.

– En tout cas, elle ne se trompe pas sur le compte de Yates. Il est fou de toi, elle l'a bien remarqué, lança-t-il sauvagement. D'ailleurs, il faudrait vraiment être aveugle pour ne pas s'en apercevoir! Il te dévore des yeux, littéralement! Mais cela n'a malheureusement pas amélioré son comportement. Cet individu est d'une grossièreté insupportable.

– C'est un artiste de talent; je le trouve extrêmement brillant, rétorqua-t-elle.

Malgré sa profonde aversion pour les disputes, elle continuait à le provoquer et à le défier, sans pouvoir s'en empêcher.

Robert s'approcha tout près. Il la touchait presque. Des plis de lassitude s'étaient creusés autour de sa bouche. La proximité de son visage troubla soudain Laura. Les battements de son pouls s'accélérèrent, et elle fut tout à coup incapable de penser de manière logique et cohérente.

– Même le jeune Monk n'est pas à l'abri de ta séduction! reprit Robert d'une voix rauque, en la transperçant d'un regard dur, impitoyable.

Elle rougit violemment en se souvenant de son baiser. Robert l'avait vu, bien sûr. Que devait-il penser d'elle?

– Je... J'étais ébranlée, bredouilla-t-elle.

– Et il t'a consolée? acheva-t-il sur un ton sarcastique.

Un éclair traversa ses yeux gris.

– Ce privilège ne revient-il pas plutôt à ton mari?

Elle sursauta et essaya de rire pour masquer son trouble, mais sans y parvenir.

– Tu parais effrayée, remarqua-t-il avec désinvolture. Comme c'est intéressant! De quoi as-tu peur, Laura?

– De rien, articula-t-elle faiblement.

Il la prit par les épaules, d'une poigne d'acier, et l'attira plus près, pour la serrer contre son long corps mince et musclé. A son contact, elle se mit à trembler convulsivement.

– Laura, chuchota-t-il. Regarde-moi...

Elle redressa lentement la tête, et posa sur lui ses grands yeux bleus.

Il la scruta longuement, intensément, puis pencha son visage vers le sien. Laura tressaillit en contemplant ses traits si familiers, ses lèvres sensuelles, sa mâchoire carrée et volontaire.

Il s'immobilisa à quelques centimètres à peine de sa bouche.

– Pourquoi trembles-tu? murmura-t-il.

– Je t'en prie, Robert... le supplia-t-elle. Cesse de me tourmenter. Je suis à bout de forces. Lâche-moi.

Il la libéra immédiatement et s'écarta. Curieusement, elle en conçut un vif regret. Car, malgré tout, elle brûlait d'envie de sentir la chaleur de sa peau, la pression de ses mains...

Néanmoins, elle parvint à se ressaisir. Calmement, elle déclara :

- Yates m'a parlé de Cara, tout à l'heure.

Robert la dévisagea pensivement.

- Ah bon? Seigneur, il la connaissait, c'est vrai! Très intimement d'ailleurs! Je ne m'en souvenais même plus!

Elle hocha la tête.

- Il a effectivement été son amant. Il m'a confirmé ton jugement sur elle. Elle avait des mœurs très libres.

- Alors, tu es prête à me croire, maintenant? se moqua-t-il aigrement. Je te remercie! Tu fais confiance à Yates, là où tu doutais de ton propre mari!

- Tu oublies dans quelles circonstances j'ai pour la première fois entendu prononcer le nom de Cara! A la réception de notre mariage! T'imagines-tu quel choc cela a été pour moi? J'ai complètement perdu la tête. Il m'a fallu plusieurs jours pour recouvrer mes esprits.

- Tu n'as même pas voulu entendre ma défense! lui reprocha-t-il amèrement.

- J'ai eu tort, je le sais, convint-elle piteusement.

- Comme c'est gentil de ta part de l'admettre! Moi qui te parais de toutes les qualités, qui te croyais parfaite...

- Je t'ai présenté mes humbles excuses. Que puis-je d'autre pour me racheter?

- J'y réfléchirai, maugréa-t-il sombrement.

La gorge de Laura se serra. Un seul regard de lui suffisait à la bouleverser.

- Tu es injuste envers moi, plaida-t-elle.

- Je n'ai aucune envie de me montrer équitable. Pourquoi ferais-je preuve de charité? Tu n'en a guère eu toi-même!

- Tu n'as même pas tenté de te justifier, à l'époque.

Quand Emily a raconté toute l'histoire, tu l'as écoutée sans émettre la moindre protestation.

– Emily était elle-même très choquée. Elle avait besoin de se soulager, de déverser ses rancœurs. Je lui aurais causé le plus grand tort, si j'avais choisi ce moment-là pour ternir la mémoire de sa sœur. De toute façon, j'étais moi aussi très affecté par cette mort. Cara était si jeune! Son suicide m'a frappé d'horreur... Quel gâchis effroyable! Même maintenant, je ne comprends pas comment elle a pu commettre un acte pareil, alors qu'elle portait dans son sein la vie d'un petit enfant. Je lui avais pourtant promis mon aide, et Emily lui aurait pardonné, avec le temps, j'en suis absolument certain.

– Cara n'avait sans doute pas le sens des responsabilités, observa Laura avec pitié.

– Oui. C'était une bien étrange créature... Sauvage et irréfléchie, mais attachante et pathétique. Même après son odieux chantage, je ressentais pour elle un curieux mélange d'attendrissement et de compassion.

– Robert, je suis désolée. Je... Je suis persuadée de ta sincérité, à présent, bégaya-t-elle nerveusement. Quel fiasco! J'ai l'impression de prendre subitement conscience d'un terrible échec. C'est épouvantable!

– Tu fais allusion à notre mariage? Oui... Mais nous aurons bientôt oublié ce fâcheux épisode. Il ne faut plus songer au passé.

Il n'avait donc pas changé d'avis... Le cœur de Laura se serra douloureusement. Qu'avait-elle donc espéré, après sa discussion avec Yates? Quels rêves fous s'étaient soudain emparés d'elle?

Robert étudia attentivement son expression, puis demanda d'une voix pressante :

– C'est bien ce que tu souhaites, n'est-ce pas?

Triste, l'esprit confus, elle se détourna d'un air gêné.

– Je ne sais plus très bien... murmura-t-elle.

A nouveau, il s'approcha et se pencha pour scruter son visage.

– Que veux-tu dire?

– Je... Je ne suis plus sûre de rien...

Brusquement, la porte s'ouvrit sur Felicity.

– Que se passe-t-il? lança-t-elle d'une voix aiguë en observant la scène avec un mécontentement évident. Robby, tu devais me rapporter un verre de soda... Je me demandais où tu avais disparu!

Elle détailla insolemment Laura, des pieds à la tête et ajouta sur un ton capricieux :

– Eh bien, Robby, tu viens?

– Je dois d'abord raccompagner Laura, déclara-t-il froidement. Reste ici, je n'en ai pas pour longtemps.

– Je la croyais avec Yates, protesta Felicity.

– C'est exact. Mais il a dû repartir.

– Ne peut-elle prendre un taxi?

– Mais si, bien sûr, intervint Laura très posément.

Robert lui jeta un regard sévère.

– Un instant, lui commanda-t-il, tout en glissant un bras sous celui de Felicity pour la conduire hors de la cuisine.

Mais Laura leur emboîta le pas. Elle n'avait nullement l'intention d'obéir aux ordres de Robert et d'attendre sagement le bon vouloir de ses petites amies! Comme elle se frayait un chemin vers la sortie parmi les danseurs, Polly l'attrapa par la main.

– Oh, Polly. Merci infiniment pour cette charmante soirée. Je me suis beaucoup amusée. Mais il est temps pour moi de rentrer; j'ai besoin de sommeil.

– Où est Yates? l'interrogea Polly sans détours.

– Parti.

Polly fronça un sourcil réprobateur.

– Tu ne vas pas t'en aller seule! Tony était là il y a deux minutes. Il se fera certainement un plaisir de te reconduire.

Elle le chercha des yeux, et agita la main pour l'appeler.

– Veux-tu raccompagner notre amie Laura? Yates s'est sauvé comme un misérable!

Tony accepta avec empressement.

– Avec joie!

Polly adressa un clin d'œil malicieux à Laura.

– Tu vois! Tony est un parfait gentleman. Tout l'opposé de Yates!

– Si vous m'accordiez une danse, auparavant? suggéra-t-il, plein d'espoir.

Mais Laura voulait s'éclipser le plus rapidement possible pour échapper à Robert.

– J'aimerais beaucoup, mais je suis vraiment très fatiguée.

– Juste une, insista Tony en glissant un bras autour de sa taille.

– Laisse-toi convaincre! lança Polly en riant. Tu ne peux pas lui refuser cela, il en meurt d'envie!

Laura capitula. Il l'entraîna dans la pièce bondée, au milieu des couples, et l'enlaça étroitement, tout en entamant une conversation polie.

– Je ne vous avais jamais vue en robe avant aujourd'hui, remarqua-t-il. Vous êtes toujours en pantalon, d'ordinaire.

– C'est une tenue idéale, pour répéter.

– Et ce théâtre est véritablement glacial!

Par-dessus son épaule, Laura aperçut Robert, adossé contre la porte. Les mains dans les poches, il les observait froidement. Elle tressaillit. Comment réagirait-il, lorsqu'ils partiraient? Et s'il provoquait un esclandre? Il s'était montré tellement abrupt et autoritaire avec Tony, tout à l'heure... Le jeune homme n'en avait même pas pris ombrage. Sans doute s'effacerait-il humblement à nouveau, si Robert s'interposait...

– Maintenant, je dois partir, annonça Laura à la fin du morceau.

Tony accepta à contrecœur. Pendant qu'ils se dirigeaient vers la sortie, la douce mélodie d'une valse lente s'éleva dans l'air et emplit la jeune fille d'une poignante mélancolie. Cette chanson à succès lui rappelait ses fiançailles avec Robert, et les trop brèves semaines de leur bonheur...

Quand ils atteignirent la porte, Tony s'immobilisa en voyant Robert, qui ne daigna même pas lui adresser un regard. Sans un mot, Robert prit Laura dans ses bras, et à la grande confusion de la jeune fille, s'éloigna avec elle sur la piste de danse.

Troublée par les accents de la musique, très vulnérable après les divers incidents de la soirée, elle eut tout à coup envie de succomber à cette étreinte agréable. Mais elle se força à se dominer, afin de ne pas perdre son sang-froid.

Il la tenait fermement par la taille, et lui caressait doucement le creux des reins. Comment rester insensible au charme magnétique de cet homme? La beauté ténébreuse de ses traits réveillait tant de nostalgies enfouies au plus profond de son être... Une immense faiblesse l'envahit.

– Je t'avais dit de m'attendre, marmonna-t-il.

– Pendant que tu apaisais les craintes de ta petite amie?

Il s'écarta légèrement pour la regarder d'un air moqueur.

– Tu es jalouse?

– Ne sois pas ridicule! s'écria-t-elle en s'empourprant.

Leurs deux corps se mouvaient dans une parfaite harmonie. Laura ne pensa plus à rien d'autre et s'abandonna, vibrante d'émotion, à la délicieuse sensualité de cet instant. Le contact de Robert réveillait à son insu des besoins et des désirs qu'elle croyait morts à tout jamais. Pourtant, très lentement, ils se ranimaient et commençaient à ressurgir, mais encore indistinctement, comme derrière un écran de fumée.

Soudain, sans crier gare, il la lâcha. Décontenancée, elle perdit l'équilibre. Le charme était rompu... Ils se trouvaient près de la porte, et il la guida fermement au dehors.

Il fallut un certain temps à Laura pour recouvrer ses esprits. Dans la voiture, comme ils approchaient de Hampstead, elle se rendit compte à quel point cette danse l'avait bouleversée, en ravivant l'ardeur de ses sens assoupis. Elle jeta un coup d'œil furtif au profil sombre de Robert, qui conduisait en silence, attentif à la route.

Comme il était beau! Ses traits fins et réguliers resteraient à jamais gravés dans sa mémoire : ses yeux gris aux épais cils bruns, sa bouche aux plis moqueurs, son menton carré...

Elle l'aimait infiniment plus ce soir que durant la période précédant leur mariage...

Bizarrement, au lieu de détruire ses sentiments pour lui, la séparation les avait nourris, renforcés. Comment avait-elle pu espérer l'oublier? Elle s'était même convaincue d'y être arrivée. Mais jamais elle n'y parviendrait; c'était à présent une évidence.

Il se comportait d'une manière très curieuse, depuis son retour en Angleterre. Et si jamais il était prêt à tout pardonner?... L'autoriserait-il à lui revenir? Éprouvait-il encore quelque chose pour elle?

Elle en avait parfois la très nette impression. L'aurait-il embrassée aussi passionnément s'il ne ressentait rien dans son cœur? Par ailleurs, ses propos durs et amers témoignaient d'une grande souffrance, d'une blessure encore mal cicatrisée.

Comment, néanmoins, être certaine de ne pas se tromper? L'amour n'était pas la seule explication possible à la violence de ses réactions : peut-être s'agissait-il simplement de désir, ou de haine...

Laura n'avait aucun moyen de savoir. Si Robert avait décidé de ne pas se livrer, il ne servirait à rien d'essayer de percer les mystères de son âme, car il était parfaitement capable de se dissimuler derrière une façade impénétrable. N'était-il pas un excellent comédien?

Il se gara devant son immeuble et se tourna à demi, un bras sur le volant. Elle avait rabattu sur sa tête la capuche de sa longue cape de satin.

– Tu ressembles à une fée, habillée ainsi, ou à une princesse moyenâgeuse, remarqua-t-il avec un léger sourire.

– Je ne possède malheureusement pas de baguette magique...

– C'est bientôt Noël, reprit-il. As-tu l'intention d'aller chez tes parents?

– Sans doute, mais pour une très brève visite. La pièce battra son plein, je n'aurai guère de congés.

– Si nous étions mariés, nous y serions allés en voiture tous les deux, déclara-t-il sur un ton neutre. Noël est une fête familiale. A cette période de l'année, je regrette toujours de ne pas avoir de parents vivants...

Il se sentait seul... Laura eut envie de tendre la main pour caresser son visage las et mélancolique.

A nouveau, il la regarda, de cet air particulier qui la troublait tant.

– Quelle heure est-il? demanda-t-elle pour rompre le silence pesant.

– Minuit passé. Il est temps pour moi de retourner chercher Felicity chez Polly.

Mais ni l'un ni l'autre ne bougèrent, comme s'ils avaient peur de briser une sorte d'envoûtement étrange. Au-dessus, le disque rond de la lune jetait une lueur diffuse, dans le ciel de velours noir, piqueté d'étoiles brillantes comme des diamants.

– Je me demande si nous aurons un Noël blanc, cette année, murmura-t-elle.

– C'est dommage, cela n'arrive guère souvent...

Il s'interrompit et après une pause, observa ironiquement :

– Pourquoi s'obstiner à échanger des banalités insipides, alors qu'une seule chose nous intéresse, Laura?

Déconcertée, elle baissa les paupières en rougissant. Il se mit à rire doucement, et l'attira contre lui. Elle ne lutta pas, bien au contraire, et se jeta à son cou, levant avidement son visage vers le sien pour recevoir son baiser.

Il l'embrassa sauvagement, presque brutalement, tout en lui massant doucement le dos et les épaules. En proie à une émotion intense, entièrement soumise à sa domination, Laura se mit à lui caresser la nuque et les cheveux.

S'écartant un peu, il chuchota :

– Tu as attendu cet instant toute la soirée, n'est-ce pas? Rentrons... Il fait trop froid, ici. Nous serons mieux chez toi, dans ta chambre...

Désorientée par son intonation insolente et sarcastique, elle se raidit instantanément.

– Ma chambre? Robert, que...

– Allons, ma chérie, ne joue pas les innocentes, railla-t-il. Nous ne sommes plus des enfants, mais des adultes conscients de leurs désirs. De plus, pour ajouter du piquant à la situation, nous sommes mariés! Pourquoi ne pas être francs envers nous-mêmes? A quoi riment la pruderie, la fausse honte? Je n'exige pas de toi un amour éternel, Laura, seulement quelques heures de plaisir, dont tu as d'ailleurs autant envie que moi.

Folle de rage, blessée par ces propos insultants, elle lui

infligea une gifle retentissante, qui imprima sur sa joue la marque rouge de ses doigts.

Il se redressa et la fixa méchamment, avec une fureur mal contenue.

– Petite peste! Je devrais te donner une bonne fessée, pour te punir. Pourquoi prends-tu la mouche? Dois-je te supplier à deux genoux pour avoir la permission de...

– Je ne suis pas Cara, le coupa-t-elle sur un ton cinglant. Je ne me livre pas à ce genre d'aventures galantes!

– Vraiment? Je doute néanmoins de la sincérité de ton indignation! ironisa-t-il. Yates ne serait pas aussi entreprenant, si tu ne lui avais laissé quelqu'espoir. Je connais bien le personnage...

– Il ne m'a jamais touchée, lança-t-elle férocement.

– Non? Il doit être vraiment amoureux!

Dans un brusque accès de colère, Laura ouvrit la portière et descendit de voiture. Robert la poursuivit, mais elle lui décocha un regard meurtrier.

– Bonne nuit, Robert.

– Tu es vexée, Laura, constata-t-il sèchement. Mais il ne sert à rien de te voiler la face, et de te dissimuler tes propres désirs...

– Tu trouveras sans peine quelqu'un d'autre pour me remplacer. Felicity, par exemple! Elle se fera une joie de te consoler.

– Quelle hargne! se moqua-t-il. Et si je te préfère à elle?

Elle tressaillit involontairement, mais se ressaisit aussitôt.

– Les amours illicites ne m'intéressent pas.

– Nous sommes mariés! lui rappela-t-il sèchement.

– Mais sur le point de divorcer. D'ailleurs, cela compromettrait sérieusement l'issue du procès, si... nous avions ce genre de rapports, acheva-t-elle, cramoisie.

– Est-ce là l'unique raison de ton refus?

– Non! Je te le répète, je ne recherche pas l'aventure.

– Que veux-tu, exactement?

– L'amour, avoua-t-elle franchement. Tout simplement. Et la fidélité, même si cela paraît affreusement démodé. Les occasions ne me manquent pourtant pas d'avoir des amants, crois-moi. Les actrices ont toujours énormément de succès, avec les hommes! Mais ce genre de relations ne m'a jamais attirée. Quel respect de soi peut avoir une femme que l'on traite comme un simple objet de plaisir?

– Alors, pourquoi n'as-tu pas essayé de sauver notre mariage, s'il correspondait tant à ton idéal? Tu n'as pas donné une très haute idée de l'amour conjugal, quand tu m'as abandonné, le jour de nos noces! Tu venais pourtant de prononcer des vœux solennels!

– Je me suis déjà expliquée de mon attitude, Robert. J'avais subi un choc.

– Cet état n'a tout de même pas duré des mois! Lorsque je suis allé en Amérique, pour te parler, tu as refusé de me voir!

– Je suis désolée, Robert... Sincèrement. J'ai eu tort. Mais j'avais l'esprit encore tellement confus! J'étais déterminée à t'oublier. J'avais trop souffert.

– Y es-tu arrivée?

– Tu t'es activement employé à ce que je me souvienne de toi! lui reprocha-t-elle. Tu t'es à nouveau immiscé dans ma vie, de force.

– Tu ne m'as pas répondu.

– Je regrette d'être revenue en Angleterre, déclara-t-elle en évitant son regard.

– Moi aussi, Laura, je déplore ce retour, avoua-t-il froidement. Je pensais avoir triomphé de mon chagrin, mais la blessure de mon amour-propre est encore très vive.

Il effleura ses cheveux d'une caresse, et déposa un baiser furtif au creux de son cou.

– Tu es une femme très belle et désirable, Laura. Tu as cruellement offensé mon orgueil d'homme, et éveillé une terrible soif de vengeance. Je te désire encore, mais mon amour pour toi est mort, définitivement. J'ai vécu une période trop pénible pour retomber dans ce piège sentimental.

Meurtrie, humiliée, Laura éclata d'un rire mauvais, sauvage, mais qui sonnait faux.

– Tu pourras bientôt reprendre sans remords ta vie de célibataire, lança-t-elle méchamment en s'éloignant.

Il la rattrapa par les épaules et l'embrassa sur la nuque, imperceptiblement. Puis il chuchota à son oreille :

– Laisse-moi rester ce soir près de toi, Laura...

– Non! gémit-elle en se libérant d'un geste brusque.

Elle courut se réfugier dans son appartement, dont elle referma la porte avec un soupir de soulagement. Dans l'obscurité, elle guetta les bruits en retenant son souffle. Il ne l'avait pas suivie. Il démarra quelques minutes après, dans un crissement de pneus. Quand le silence fut retombé, Laura se jeta sur son lit et éclata en sanglots, s'abandonnant sans retenue à son immense détresse.

6

Laura ne ferma quasiment pas l'œil de la nuit. Elle se tourna et se retourna nerveusement dans son lit, et les rares fois où elle parvint à s'assoupir, l'image de Robert la hanta jusque dans ses rêves et lui causa d'horribles cauchemars.

En se levant, au matin, les yeux cernés, les membres lourds de fatigue, elle avala en hâte un jus de fruit et un café très fort et se mit en route pour le théâtre, avec une migraine épouvantable.

Yates avait mis le siège dans sa loge.

– Il est là depuis des heures, l'informa Emily d'un air scandalisé.

Emily n'était pas au courant de la liaison de Yates avec sa demi-sœur, mais il n'était de toute façon pas dans ses bonnes grâces! Elle ne cachait pas sa réprobation devant son visage mal rasé, dépeigné, et ses habits débraillés. Yates avait probablement passé la nuit dans un bar, à s'enivrer pour tâcher d'oublier ses malheurs.

– Cela ne fait rien, Emily, laissez-nous, la pria-t-elle doucement.

Le visage replet de l'habilleuse se crispa de dégoût, et elle partit, offusquée, en claquant la porte.

– Vous êtes pâle comme un mort, dit Laura en s'asseyant. Où êtes-vous allé?

– Dieu seul le sait! répondit-il en haussant les épaules. Je ne me souviens de rien. Je me suis réveillé sur un banc, dans un square, il y a deux heures, la tête vide...

– Pauvre Yates!

– J'ai eu envie de vous dire combien vous aviez raison, au sujet de Cara. La culpabilité me ronge sans répit, depuis le jour où je l'ai séduite. Je n'avais pas conscience d'être amoureux d'elle, à l'époque. Le mot « amour » ne figurait même pas dans mon vocabulaire! Mes aventures féminines duraient généralement très peu de temps, mais lorsque je me suis rendu compte que Cara n'était pas une simple conquête à ajouter sur ma liste, il était déjà trop tard, pour nous deux. Depuis, je suis bourrelé de remords et j'erre comme une âme en peine, inconsolable.

– Je l'avais deviné, murmura-t-elle gentiment.

– Il était beaucoup plus simple de se laver de ses fautes, au Moyen Age. On se confessait et se repentait, et lorsqu'on vous avait flagellé ou infligé quelque autre pénitence, vous étiez redevenu pur et sans tache.

– Les psychiatres ont remplacé les prêtres, de nos jours, dit-on.

– Ce n'est pas pareil. Ils n'ont pas le pouvoir de punir les gens, ni celui de les absoudre de leurs péchés.

Vous avez donc tellement besoin d'un châtiment?

Il la fixa sans rien dire, de ses grands yeux hagards. Au bout d'un long silence, Laura reprit :

– Qu'attendez-vous de moi, Yates? Dans quel but êtes-vous venu me raconter tout cela? Pour vous mortifier?

– Peut-être...

– Les soupirs et les lamentations sont stériles, Yates, poursuivit-elle. Ne gâchez pas vainement votre vie, ce serait infiniment dommage. Certes, il ne faut pas oublier les morts, mais il existe mille manière de se souvenir d'eux. On leur élève parfois des monuments... Pourquoi ne réaliseriez-vous pas une œuvre d'art dédiée à la mémoire de Cara? Un portrait? Ou des dessins?

Une vague lueur éclaira le regard éteint de Yates.

– Cela me permettrait peut-être d'exorciser enfin ce fantôme, dit-il au bout d'un interminable silence. J'ai parfois l'impression d'être possédé par un démon, d'être sous l'emprise d'une puissance surnaturelle. Cara hante chacune de mes nuits, sans me laisser un instant de repos. Elle me tourmente constamment, si lointaine, inaccessible... Vous me la rappelez un peu. Oh, vous ne lui ressemblez pas, mais vous avez pourtant une chose en commun avec elle : la vulnérabilité. J'établis machinalement des comparaisons entre Cara et les femmes que je rencontre, comme si je retrouvais dans chacune des échos de sa personnalité.

– Sans doute payez-vous maintenant le prix de votre égoïsme, déclara-t-elle sans ménagements. La trop accueillante Cara est symboliquement devenue hors d'atteinte dans vos rêves, comme pour vous punir d'avoir abusé d'elle.

– C'est juste, acquiesça-t-il plaintivement. Quelle tragique ironie du sort!

Il se leva avec détermination.

– Je vais avoir beaucoup de travail, désormais. Sans doute ne vous verrai-je plus aussi souvent...

– Je comprends.

– Chère, charmante Laura, vous m'aurez été d'un grand secours, en me témoignant votre sympathie compatissante. Je ne pardonnerai probablement plus à aucune femme d'être en vie, après le funeste accident de Cara. Dieu merci, vous êtes amoureuse de quelqu'un d'autre. J'en suis heureux, et soulagé.

Elle se mit à rire.

– Vous tirez vos conclusions un peu rapidement, Yates!

– Je me suis rendu compte de vos sentiments pour Davies dès le premier instant où je vous ai vue avec lui, continua-t-il posément. J'ai appris à me protéger derrière un masque d'indifférence, mais ne vous y trompez pas : j'observe beaucoup les choses et les gens.

– Nous nous cachons tous derrière une façade, d'une manière ou d'une autre, observa-t-elle tristement. C'est fort dommage, la vie est si courte!

– Nous avons probablement besoin d'une armure défensive...

Il sortit de la poche de son veston une vieille photographie un peu chiffonnée et lui montra le visage de Cara, éblouissant de jeunesse, où se reflétait un immense appétit de vivre.

– Elle n'avait pas eu le temps de se forger une carapace, murmura-t-il pensivement. Elle était avide d'amour et d'expériences nouvelles et son insatiable curiosité l'a perdue. Elle était si pleine de vitalité! Elle ne devrait pas être morte...

Sur le cliché, derrière Cara se tenait une autre jeune fille, dans une pose désinvolte et effrontée.

– Qui est-ce? s'enquit Laura, certaine de l'avoir déjà rencontrée quelque part...

– Oh, une de ses amies; elle travaille au bar du théâtre.

– Elle est serveuse?

Laura était maintenant sûre de l'avoir vue au *New Horizon*, dans les couloirs, ou au bar, avant les représentations de la pièce actuellement à l'affiche.

Tout en examinant l'inconnue de plus près, Yates déclara :

Cette fille était une petite sotte dévergondée. Curieusement, Cara attirait toujours toutes sortes de mauvaises influences.

– Comment s'appelle-t-elle? s'enquit Laura.

Elle avait brusquement envie de la connaître, pour lui parler de Cara, obtenir des détails supplémentaires sur cette personnalité si troublante.

Yates haussa les épaules.

Je ne me souviens pas... Pat, je crois... A présent, je dois m'en aller... Au revoir! lança-t-il en s'éloignant.

A bientôt, Yates. Travaillez bien!

Il ouvrit la porte, mais se ravisa subitement et revint sur ses pas pour lui donner un baiser d'adieu, triste et affectueux.

Par une étrange coïncidence, Robert passait à ce moment-là dans le couloir et surprit la scène. En apercevant le visage ému et rayonnant de Laura, il s'arrêta, l'air crispé et furieux. Yates s'éclipsa sans un mot de plus.

- Absolument touchant! commenta Robert, sarcastique, nonchalamment appuyé contre le chambranle. Il ne t'avait soi-disant jamais embrassée... Serais-je victime d'une hallucination?

- Il me disait adieu...

- Où part-il? En exil au pôle nord?

- Il va être très occupé, désormais. Nous ne nous verrons plus aussi souvent.

- Tu l'as évincé? questionna-t-il en la scrutant avec acuité.

- Il sera très accaparé par son travail, répondit-elle vaguement.

Eh bien j'en suis ravi! Dépêche-toi, les répétitions commencent dans deux minutes, ajouta-t-il.

- Le metteur en scène n'est pas encore arrivé, le taquina-t-elle.

- Il flirte avec la vedette, dans sa loge, répliqua-t-il sur le même ton.

- N'est-elle pas mariée?

- Si. Mais elle n'aime pas son mari, murmura-t-il avec désinvolture, sur le ton de la confidence.

– Eh bien, que n'apprend-on pas dans les coulisses! Et... Cette comédienne... Est-elle attirée par le metteur en scène?

Laura n'osait même pas prononcer le verbe « aimer »...

– Elle est folle de lui, répondit-il en s'approchant avec une indolence étudiée.

Le cœur de Laura se mit à battre la chamade. Si seulement leurs rapports étaient toujours empreints de la même gaieté simple et chaleureuse! Ils s'amusaient souvent ainsi, au début, avec insouciance et légèreté...

Il lui prit le menton dans la main, et plongea ses yeux dans les siens. Confuse et rougissante, elle lui adressa un sourire timide, hésitant.

– La star plaît beaucoup au metteur en scène, reprit-il sur le même mode. On les a même surpris en train de s'embrasser!

Il déposa un baiser furtif sur ses lèvres. Très troublée, Laura se mit à rire pour tâcher de dissimuler son émotion.

– Je veux absolument lire le chapitre suivant de ce roman palpitant!

– C'est l'heure! annonça-t-il en jetant un coup d'œil à sa montre. Arrivons ensemble, pour les faire jaser un peu; qu'en dis-tu?

Leur entrée fut effectivement remarquée par tout le monde. Ils avaient subitement l'air d'un couple tellement harmonieux! Leurs camarades échangèrent des regards étonnés, et des chuchotements de stupéfaction. Polly leva un sourcil interrogateur en direction de Laura, sans comprendre.

La séance de travail se déroula merveilleusement bien. C'était trop beau pour durer, déclara Polly pendant la pause du déjeuner, chez Luigi. Un cataclysme ne manquerait pas de se déchaîner d'ici peu...

Mais Laura refusa de voir entamer son optimisme et sa bonne humeur. Robert lui souriait, plaisantait avec elle comme au bon vieux temps... Par quelle magie avaient-ils subitement recréé leur complicité d'antan? Alors même qu'ils s'étaient si affreusement querellés la veille au soir...

Peut-être auraient-ils la chance de connaître un nouveau départ? Malgré le cynisme de Robert, tout espoir n'était pas perdu. Il prétendait ressentir uniquement du désir, être définitivement immunisé contre le mal d'amour, mais il avait sans doute parlé par dépit...

Réconfortée par cette idée, Laura sourit béatement à son amie. Mais Polly paraissait extrêmement déprimée, aujourd'hui.

– Qu'y a-t-il? s'enquit Laura gentiment.

– Rien...

Laura l'observa pensivement et reprit au bout d'un moment, sur un ton désinvolte :

– Ce Yates est un bien curieux personnage!

Polly se raidit instantanément.

– Ah bon?

– Il est très malheureux.

– Console-le! lança Polly, révélant subitement sa profonde amertume.

Laura sembla hésiter, puis secoua la tête.

– Non, pas moi. J'ai beaucoup d'amitié pour lui, mais il ne m'attire pas assez.

– Vraiment? s'écria Polly, se trahissant à nouveau malgré elle.

– Comment un homme pourrait-il m'intéresser quand la présence de Robert absorbe toute mon attention?

Un sourire chaleureux éclaira ses traits. D'où lui venait cette confiance inébranlable en l'avenir, tout à coup? Apparemment revigorée par l'euphorie de son amie, Polly s'écria :

– Pourquoi nous conduisons-nous parfois si stupidement? Les femmes sont souvent leurs pires ennemies envers elles-mêmes... Regarde-toi, par exemple. Tu prétendais farouchement être tout à fait détachée de Robert. Mais toute ton attitude démentait tes propos; je m'en suis rendu compte tout de suite. Quand il est absent, tu es réservée, distante, effacée. Dès qu'il apparaît, tu reprends vie!

Loin de s'offusquer de ces remarques, Laura s'en amusa :

– L'amour et la haine sont probablement les revers d'une même médaille, observa-t-elle en riant. Je me trompais simplement de côté! Et toi?

– Moi? Tu fais allusion à Yates, je présume?

Comme Laura hochait la tête avec un clin d'œil d'encouragement, elle confessa :

– Oui, je l'aime. Mais c'est sans espoir.

– Tu ne le penses pas vraiment, Polly. Ne sois pas défaitiste. Yates est libre, sans aucune attache. Tente ta chance?

– Il t'est facile d'en parler, Laura. Il n'a pourtant jamais daigné me faire l'aumône d'un regard! Je suis invisible, pour lui! Je n'existe pas! Je dois me résigner, et ne pas me bercer d'illusions.

– Yates est obsédé par le souvenir d'une femme, risqua Laura très prudemment. Je ne peux pas te raconter tous les détails de l'histoire, mais elle est morte, à présent, et Yates va enfin se libérer du poids du passé, j'ai de bonnes raisons pour le croire. Il a beaucoup souffert, ces dernières années, et s'est muré dans sa détresse. Mais il a enfin décidé d'en sortir, et à ta place, je profiterais de l'occasion pour me trouver au bon moment à ses côtés.

Ils travaillèrent tous avec acharnement les jours suivants. Il fallait régler d'innombrables détails pratiques, mettre au point les éclairages, essayer les costumes. Laura était ravie de ses robes de la Belle Époque, très féminines, les corsages ajustés et la soie bouffante des jupes donnaient à sa silhouette une grâce et un charme surprenants.

– Superbe! commenta Robert depuis les fauteuils d'orchestre, en la regardant parader sur la scène dans une robe de deuil noire et violette. Tu as beaucoup d'allure

Elle se retourna et pointa avec insolence son ombrelle sur lui.

– Est-ce bien le but recherché? Après la mort de son père, mon personnage devrait peut-être apparaître plus.. modeste et réservé, suggéra-t-elle.

– Pas du tout. La couleur noire accentue le côté envoûtant d'Ann. C'est une ensorceleuse, une sirène.

Elle l'observa furtivement, à travers ses cils, et répéta sur un ton interrogateur :

– Une sirène, Robert?

Son visage se métamorphosa tout à coup. Il s'approcha et répondit en baissant la voix :

– Oui. Elle pousse les hommes à leur perte en les attirant sur les écueils du mariage, comme toi. Tanner est raisonnable; il est conscient des dangers. Pourtant, un seul regard d'Ann suffit à l'égarer, à le faire sombrer définitivement.

Un étrange frisson parcourut Laura. Elle avait l'impression de marcher sur une corde raide, au-dessus d'un gouffre sans fond. Elle ne pouvait ni s'arrêter, ni reculer. Il fallait aller de l'avant, ou tomber dans le vide...

Robert avait maintenant adopté avec elle un comportement très différent, pendant les répétitions. Il ne la harcelait plus de ses moqueries, et se montrait au contraire extrêmement courtois dans ses observations. Naturellement, l'interprétation de Laura s'en ressentait et s'était grandement améliorée. Calme et détendue, confiante en ses capacités, elle était pleinement en mesure de donner le meilleur d'elle-même.

Les semaines passaient très vite, dans un tourbillon vertigineux. Laura se surprenait parfois à regretter la fuite de ce temps précieux. Son travail l'accaparait totalement, emplissait sa vie...

Les dialogues de la pièce semblaient avoir été écrits spécialement pour eux. Jack, le héros bouillonnant d'ardeur et de vitalité, s'effrayait de courir à sa ruine en succombant aux charmes de la ravissante Ann. Tandis qu'il tâchait de préserver sa liberté, la jeune fille, sûre de son pouvoir sur lui, s'amusait de ses efforts désespérés...

Robert déclamait ses tirades avec une ironie furieuse, sans quitter Laura des yeux, comme s'il voulait constamment lui rappeler le parallèle avec leurs propres existences.

Tony Monk et Yates s'étaient à présent complètement éclipsés. Yates était absorbé par la réalisation de son œuvre d'art, bien sûr, et Tony, s'étant probablement rendu compte de l'amour de Laura pour Robert, s'effaçait volontairement...

Naturellement, leur disparition soudaine n'avait pas échappé à Robert. Il y fit une allusion discrète, en raccompagnant Laura chez elle, un après-midi.

– Que fais-tu de tes soirées? demanda-t-il.

– Je regarde la télévision; je me couche de bonne heure. De toute façon, je n'ai pas envie de sortir.

– Tu ne t'ennuies pas trop, sans la compagnie de tes fidèles admirateurs?

Elle secoua la tête en riant. Subitement, elle établit un rapprochement entre plusieurs de ses remarques et la lumière se fit dans son esprit. Robert était persuadé qu'elle avait évincé ses deux soupirants. Voilà pourquoi il était devenu si affable et enjoué!

Si sa théorie se vérifiait, Robert avait considéré ces hommes comme des ennemis, des rivaux à éliminer. Il était donc jaloux...

Le cœur battant, elle lui lança un coup d'œil furtif. Les sourcils froncés, il paraissait rêveur et préoccupé. A quoi pensait-il?

Lorsqu'il se gara devant chez elle, elle proposa timidement :

– Tu veux boire quelque chose?

– D'accord, accepta-t-il sur un ton neutre.

Laura prépara un gin-tonic, et ils bavardèrent à bâtons rompus, assis sur le divan. Brusquement, sans transition, Robert déclara :

– La procédure de divorce suit son cours normalement.

Le sourire de Laura s'évanouit sur-le-champ. Curieusement, sans savoir pourquoi, elle avait espéré un revirement. Une cruelle déception lui serra la gorge.

– Il faut aller jusqu'au bout, maintenant, tu t'en rends compte, n'est-ce pas? ajouta-t-il sèchement.

Une folle envie de s'enfuir en courant s'empara de Laura. Il lui fallait à tout prix cacher sa douleur, se protéger des coups...

– Naturellement, acquiesça-t-elle d'une voix rauque, en se raidissant.

Il attendit un instant avant de poursuivre :

– Tu comprends, Laura? Je n'ai pas besoin de t'expliquer, je suppose?

Elle redressa la tête avec un sourire de commande.

– Non, j'ai très bien saisi, affirma-t-elle sur un ton faussement désinvolte.

Un pli soucieux se creusa sur le front de Robert, tandis qu'il la dévisageait avec insistance.

– Laura...

Mais elle l'interrompit avec un petit rire coquet :

– Mon Dieu, il est déjà très tard! J'ai un rendez-vous ce soir, je n'aurai jamais le temps de me préparer! Excuse-moi, Robert, si je te mets à la porte...

– Tu sors? demanda-t-il glacial, en se levant.

Il la toisa de toute sa hauteur.

Tu prétendais tout à l'heure passer toutes tes soirées chez toi..

C'est généralement vrai, mais il y a quelques exceptions, comme aujourd'hui! lança-t-elle avec une légèreté etudiée. Pardonne-moi encore une fois de te chasser, mais tu comprends, n'est-ce pas?

Oh oui, parfaitement.

Ses yeux gris et froids croisèrent ceux de Laura, très bleus, et elle soutint nerveusement le défi de son regard. Puis il la détailla effrontément, des pieds à la tête avant de lancer sur un ton mordant et sarcastique

Amuse-toi bien!

Elle avait hâte de le voir partir, à présent, pour se retrouver seule et ne plus être obligée d'arborer ce stupide sourire de convenance.

Qui est-ce? demanda-t-il tout à coup. Quelqu'un de la troupe?

Incapable d'inventer un mensonge convaincant, elle rougit de confusion et bredouilla une réponse inaudible.

Inutile de t'enferrer, Laura, pesta-t-il en fronçant sévèrement les sourcils. J'ai deviné. Il s'agit de Yates, bien sûr! Je ne comprenais pas pourquoi tu avais si soudainement décidé de ne plus le voir. Il est follement amoureux de toi, c'est évident! En tout cas, arrange-toi pour l'écarter de mon chemin. Je ne veux pas de lui dans mon théâtre. Il m'exaspère!

A ces mots, il s'en alla en claquant la porte. L'écho de sa voix résonna douloureusement dans l'esprit de la jeune fille, qui s'effondra pitoyablement sur une chaise.

Quelle sottise de s'être méprise ainsi! elle avait bâti des châteaux en Espagne... Comment avait-elle pu s'aveugler au point d'espérer encore en l'amour de Robert? Elle avait été la dupe de ses propres rêves et s'était stupidement illusionnée sur la possibilité d'une réconciliation, d'une nouvelle chance donnée à leur mariage...

Elle s'était laissé prendre au jeu de Robert, à ses attentions galantes et charmeuses. Comme elle s'était trompée, en interprétant sa gentillesse comme une marque d'intérêt! Mais la réalité ne correspondait pas à ses désirs. En fait, il se comportait avec elle comme avec toutes les autres femmes : avec une courtoisie empreinte de séduction. Il ne fallait y voir aucun sentiment.

Lorsqu'il avait évoqué leur divorce, rien dans sa voix ou son expression n'avait trahi la moindre hésitation. Sa décision était irrévocable. Le passé était mort, irrémédiablement.

Laura se dirigea vers la salle de bains d'un pas chancelant, pour prendre une douche et tâcher de se ressaisir un peu. Quelques minutes après, plus fraîche et dispose, elle décida de se rendre au *New Horizon*, afin d'y rencontrer la serveuse amie de Cara.

Même si tout espoir de reconquérir Robert était irrévocablement perdu, elle avait encore envie de connaître l'exacte vérité au sujet de Cara. Certains points de cette histoire demeuraient troubles et imprécis; les circonstances de son suicide, en particulier.

Elle prit un taxi pour aller dans le *West End*, le centre de l'animation culturelle de la capitale. Les lumières colorées et l'agitation de ce quartier, en plein cœur de Londres, la revigorèrent. Il y régnait toujours une sorte de gaieté communicative, avec les trottoirs encombrés de monde, les restaurants et les cafés illuminés, et les enseignes chatoyantes des théâtres et des cinémas.

Laura pénétra au *New Horizon* par l'entrée des artistes et salua le concierge d'un signe de tête amical.

- Vous êtes revenue, vous aussi, Miss? lança-t-il.

Elle s'arrêta.

- Qui d'autre est là?

– M. Davies, bien sûr! Vous ne le saviez pas?

Que faisait Robert au théâtre à une heure aussi tardive? s'interrogea-t-elle en s'éloignant d'un air déconcerté. Naturellement, elle tâcherait de l'éviter, mais que lui dirait-elle, si d'aventure ils se rencontraient?

Elle grimpa les marches de l'escalier de derrière jusqu'au premier balcon. Immobile dans l'obscurité, elle baissa les yeux sur la scène. Robert était là, encore vêtu de sa tenue de travail, un jean et un pull-over noir. Il n'avait pas pris le temps de se changer.

Felicity était avec lui, frêle et délicate dans un chandail rose pâle et un pantalon de velours de même couleur.

– Je n'arriverai jamais à me souvenir de cette longue tirade, bredouilla-t-elle sur un ton découragé.

Robert lui prit le menton dans la main et l'obligea à redresser la tête.

– Cessez de bouder! Cette moue vous défigure, c'est tout à fait dommage, la taquina-t-il gentiment.

La jeune fille battit des cils et approcha ses lèvres rouges du visage de Robert.

– Vous ne me prenez pas au sérieux, lui reprocha-t-elle coquettement.

– A vous de vous imposer, la défia-t-il.

Felicity glissa alors ses bras autour de son cou et l'attira vers elle. Quand leurs bouches se rejoignirent, elle se pressa tout contre lui, aguichante, et les mains de son compagnon se posèrent sur ses épaules.

Réprimant à grand peine un cri de douleur, Laura s'enfuit en courant, en proie à une cuisante jalousie. Mais dans sa hâte, elle trébucha sur un coin de la moquette et s'étala par terre de tout son long.

Une voix furieuse cria, depuis en bas :

– Qui est là?

Puis deux mains la relevèrent. Toute tremblante, elle aperçut Yates qui la considérait avec inquiétude.

– Yates! s'écria-t-elle en lissant les plis de sa jupe blanche. Que faites-vous ici?

– Je pourrais vous retourner la question! Mais je vous soupçonne d'avoir eu la même idée que moi... Vous êtes venue faire une petite enquête, n'est-ce pas?

Elle hocha la tête.

– Quelle coïncidence! Où est-elle? demanda-t-elle en jetant un regard circulaire comme ils pénétraient dans le bar.

– Elle n'est pas encore arrivée. Ce n'est pas une employée très sérieuse, m'a-t-on dit. Elle est très souvent en retard, ou absente. On va d'ailleurs probablement la renvoyer.

Laura se percha sur un tabouret et, accoudée au bar, appuya son menton sur ses mains croisées. Yates passa un bras affectueux autour de ses épaules.

- Vous êtes livide! Auriez-vous perdu votre bel éclat, ma chère Laura?... Vous avez changé, ajouta-t-il en l'étudiant attentivement.

– Vraiment?

L'amitié fraternelle et protectrice de Yates la touchait beaucoup.

- Vous n'avez pas été très heureuse, ces temps derniers, reprit-il pensivement. En fait, vous paraissez même avoir beaucoup souffert. Je lis de la tristesse dans vos yeux. Vous avez l'air absente, ailleurs... Je ne vous avais encore jamais vue ainsi. Comme je regrette de ne pas avoir mon cahier d'esquisses!

Malgré elle, Laura se mit à rire.

- En tout cas, vous n'avez pas changé, vous, Yates! Vous êtes toujours aussi égoïste et obsédé par votre art!

- J'aime tant vous entendre rire! confessa-t-il gravement. Laura, vous êtes la femme la plus belle que j'aie jamais rencontrée. Je pourrais passer le reste de mes jours à vous dessiner.

Un ricanement l'interrrompit. Surpris et irrité, il la lâcha pour se retourner.

Felicity et Robert se tenaient là, debout dans l'embrasure de la porte. La jeune fille souriait malicieusement. Robert, lui, observait la scène avec un détachement et une froideur méprisantes.

7

– Nous nous demandions qui était là-haut, maugréa Robert en toisant Yates dédaigneusement. Quel endroit étrange pour un rendez-vous!

Yates ne répondit pas. Il étudiait Felicity sans vergogne, avec une curiosité effrontée. Penchant la tête sur le côté avec une grâce étudiée, elle lui adressa un sourire de coquetterie.

– Vous vous souviendrez de moi? minauda-t-elle.

– Poupée de magazine, murmura-t-il en se détournant avec ostentation.

Laura réprima un petit rire involontaire devant la grossièreté outrageuse de Yates. Écarlate, Felicity était visiblement furieuse.

– Retournons à notre répétition, suggéra Robert en lui prenant le bras.

– Tu donnes des leçons particulières? le questionna Laura d'une voix mielleuse.

– Parfaitement!

– Ton dévouement t'honore! railla-t-elle.

Avec un regard moqueur, il rétorqua :

– J'adore mon métier! Diriger des acteurs me passionne!

Manifestement agacée, Felicity le tira par la manche avec une moue boudeuse.

– Robert, il est tard...

Après un dernier regard noir en direction de laura, il la suivit dans l'escalier.

Laura et Yates n'eurent pas longtemps à attendre. Une jeune femme fit brusquement irruption, essoufflée, son manteau à la main, et prit place derrière le comptoir. Fronçant les sourcils, elle leur lança d'un air rébarbatif :

– Le bar n'est pas encore ouvert.

– Je sais, répliqua Laura calmement.

– Je vous ai déjà vue quelque part, il me semble, reprit la serveuse après une hésitation.

– Je suis Laura Graham.

– Je ne vous avais pas reconnue! lança-t-elle en rosissant, tout en continuant à l'examiner de ses petits yeux durs et impertinents.

– Bonjour, Pat, intervint Yates.

Elle ne répondit pas immédiatement.

– Bonjour, monsieur Yates, dit-elle enfin au bout d'un moment, avec une insolence railleuse.

– Nous voulons vous parler.

– De quoi? Je n'ai pas le temps maintenant.

– Ce ne sera pas long. Juste une ou deux questions, au sujet de Cara.

Après un silence, elle demanda :

– Eh bien, que désirez-vous savoir?

– Racontez à miss Graham la façon dont elle est morte.

– Pourquoi? Je n'ai pas du tout envie de me souvenir de toute cette histoire, monsieur Yates. Allez-vous en. Vous me dérangez.

Yates soupira.

– J'avais oublié quelle chipie vous étiez, Pat. Cela vous aidera peut-être à vous délier la langue.

Il sortir de sa poche quelques billets de banque et les lui

tendit. Elle les prit avidement, puis les dévisagea avec une expression inquiète et soupçonneuse.

- Vous n'êtes pas si généreux, d'ordinaire! Je ne me prépare pas des ennuis, j'espère, en acceptant cet argent?

- Parlez simplement de Cara à miss Graham. Dites-lui tout. Et attention, pas de mensonges, ni d'oublis!

Pat plaça l'argent dans son sac à main, puis observa Laura avec curiosité.

- Pourquoi Cara vous intéresse-t-elle autant?...

A l'instant même où elle prononçait ces mots, elle se raidit et un sourire mauvais, très déplaisant, se peignit sur ses lèvres.

- Ah oui, j'y suis! vous avez épousé Robert Davies, n'est-ce pas? Et vous cherchez sans doute des preuves contre lui afin d'obtenir un divorce! Voyons, que pourrais-je bien vous dire?

- La vérité, tonna Yates, furieux. Vous n'avez pas besoin de bâtir tout un roman!

Pat le dévisagea d'un air moqueur.

- Pauvre monsieur Yates! Vous étiez follement amoureux d'elle, n'est-ce pas?

Elle rit, et commença à ranger des verres sur les étagères.

- Cara s'est-elle réellement suicidée? l'interrogea Laura calmement.

Pat cligna des yeux.

C'est une question intéressante... Je ne l'ai pas dit à la police, à l'époque. Mais... D'une certaine façon, sa mort est un accident involontaire.

- Expliquez-vous clairement, commanda yates d'un air las.

- Un peu de patience! grogna-t-elle avec une mauvaise volonté exaspérante. D'après l'enquête du commissaire, Cara avait de bonnes raisons pour mettre fin à ses jours :

elle était enceinte. Pourtant, elle ne se serait pas supprimée à cause de ce genre d'ennuis, j'en suis certaine. Elle aurait bien fini par trouver une solution à son problème... M. Yates, ici présent, aurait complaisamment consenti à l'épouser, par exemple, avec ou sans bébé! N'est-ce pas, monsieur Yates?

– Continuez! ordonna-t-il sur un ton cinglant.

Elle éclata d'un rire narquois.

– Mais Cara avait d'autres plans... M. Yates ne l'intéressait pas. Elle voulait... quelqu'un d'autre.

– Nous sommes au courant, au sujet de Robert Davies, intervint sèchement Laura.

– Du moins le croyez-vous, mais en fait vous ignorez la vérité.

Un frisson d'anxiété parcourut Laura.

– Que voulez-vous dire? demanda-t-elle en s'efforçant de dissimuler sa nervosité.

Satisfaite d'avoir aiguisé la curiosité de la jeune actrice, Pat s'accouda sur le comptoir avec un sourire entendu.

– Eh bien... Cette pauvre Cara s'était mis dans la tête de devenir Mme Robert Davies, et l'a poursuivi pendant très longtemps de ses assiduités. Naturellement, elle s'est un peu affolée, quand elle s'est retrouvée enceinte. Cela bouleversait ses projets. Mais la chance l'a servie.

– Comment cela? l'interrogea Laura comme la serveuse s'interrompait pour juger de l'effet produit.

– Elle a rencontré Robert Davies à une soirée. Il avait beaucoup bu et elle a profité de son ébriété pour l'attirer chez elle. Il était blême de stupeur, quand il s'est réveillé dans son lit, le lendemain matin! Et encore plus consterné le jour où elle lui a annoncé qu'elle attendait un enfant de lui!

– C'était faux, nous le savons, la coupa Laura. Venez-en au fait!

Pat lui lança un regard irrité.

- Ne soyez pas si pressée! Ces détails ont leur importance pour la fin de l'histoire.

- Poursuivez, l'enjoignit Yates en passant gentiment un bras autour de la taille de Laura.

- Cara était une vraie peste, déclara Pat avec défi. En fait, Robert Davies ne l'a jamais touchée. Elle me l'a avoué elle-même. J'étais son amie, elle me confiait tous ses secrets.

Laura poussa un long soupir de soulagement, osant à peine croire à cette révélation inattendue

- Robert n'a donc jamais été son amant?

- Non. Mais Cara a prétendu le contraire, bien sûr. D'ailleurs, il n'a pas cherché à contester ses affirmations. Les faits étaient contre lui, et donnaient raison à Cara même s'il était trop ivre pour ne se souvenir de rien! Elle l'a bien berné! C'était une excellente comédienne à sa manière. Cependant, Davies a été pris de doutes, et a fini par réagir. Il l'a obligée à subir des examens médicaux. L'analyse a révélé que l'enfant ne pouvait pas être le sien la grossesse était trop avancée, et de toute façon les groupes sanguins ne correspondaient pas. Cara était folle de rage. Pourtant, elle n'avait pas dit son dernier mot: elle a eu un trait de génie.

Tout en l'écoutant, Yates avait machinalement sorti un crayon de sa poche pour croquer à grands traits vifs et précis sa silhouette, sur une serviette en papier. Pat se pencha pour regarder le dessin et demanda avec un sourire de satisfaction :

- Puis-je le garder? C'est très réussi.

Il haussa les épaules.

- Si cela vous amuse...

- Qu'a fait Cara? reprit Laura en s'agitant impatiemment.

- Elle avait très vite découvert comment manipuler les hommes et exercer sur eux une pression efficace. Cela l'amusait beaucoup, de tirer avantage de leur sentiment de culpabilité à son égard. Elle riait bien, par exemple, de voir M. Yates bourrelé de remords pour le restant de ses jours parce qu'il avait été son premier amant!

– Merci! lança-t-il, livide.

Laura lui prit la main affectueusement.

– Ne vous inquiétez pas, murmura-t-il avec une ironie désabusée. C'est pénible, mais utile, en un sens.

Puis, se tournant vers Pat, il ajouta :

– Continuez votre récit, petite vipère.

– J'en ai presque terminé. Comme Cara était toujours aussi déterminée à épouser Robert Davies, elle a décidé de l'effrayer en simulant une tentative de suicide.

Quoi! s'écrièrent Laura et Yates en même temps.

Oui, poursuivit Pat d'une voix subitement triste et fatiguée. Elle ne voulait pas vraiment mourir. C'est un tragique accident, un funeste concours de circonstances. Elle n'a jamais eu l'intention de commettre un acte pareil. Elle avait tout calculé, et normalement, j'aurais dû rentrer à temps pour la découvrir et appeler une ambulance. Seulement... Au lieu de revenir dîner avec elle, comme prévu, j'ai passé la soirée avec des amis, jusqu'à minuit. A ce moment-là, il était déjà trop tard.

Des larmes amères perlèrent à ses paupières; elle les essuya vivement et ferma les yeux un instant.

– Voilà, vous savez tout, à présent. Elle était morte, quand je l'ai trouvée. Elle avait laissé un mot sur la table de nuit. La police n'a pas cherché à approfondir les choses. Tout paraissait d'une clarté évidente.

– Elle essayait encore de faire du chantage à Robert, émit Laura faiblement.

Yates éclata d'un rire douloureux.

– Pauvre petite! Prise à son propre piège...

– Son stratagème aurait peut-être réussi, reprit Pat. Qui sait si M. Davies ne se serait pas laissé attendrir?

– N'était-elle donc pas au courant de ses projets de mariage avec moi? questionna Laura.

Pat secoua la tête.

– Je l'étais, moi, mais je lui avais soigneusement caché la vérité. Je redoutais trop ses réactions. Si elle avait provoqué un scandale au théâtre, j'aurais risqué de perdre ma place.

Pour tout commentaire, Yates se contenta de hausser les épaules d'un air ironique et impuissant.

Ils quittèrent le théâtre en silence et se promenèrent longtemps, sans but précis, dans les rues animées et brillamment éclairées. Absorbés par le cours de leurs propres pensées, ils parlèrent très peu.

– Cara devait beaucoup l'aimer, observa Yates d'une voix rauque.

– Oui, acquiesça Laura simplement.

Il se mit à rire sauvagement, avec une tristesse cruelle.

– Pourquoi se trompe-t-on si souvent de personne, quand on aime?

Il n'y avait rien à répondre à cela. Elle lui prit la main affectueusement et pressa son épaule contre la sienne.

– Pour une actrice, vous êtes quelqu'un de très sensible, Laura.

– Est-ce si extraordinaire?

– Oui. Ce n'est pas souvent le cas.

A l'approche de la générale, les répétitions devinrent de plus en plus sérieuses et astreignantes. Lorsqu'ils n'avaient pas la possibilité d'utiliser le *New Horizon*, ils avaient un grand local à leur disposition, en banlieue. Pour plus de commodité, Laura s'acheta une petite voiture, afin de ne plus perdre de temps inutilement dans les transports.

La mise au point du dernier acte présentait quelques difficultés. Le personnage de Jack, interprété par Robert, devait en définitive abandonner tout espoir d'échapper à Ann, et abdiquer devant elle. Le dialogue final nécessitait un rythme très soutenu, et donc une synchronisation délicate.

Robert émettait beaucoup de réserves et de critiques quant au jeu de Laura dans cette scène.

Tu rends Ann beaucoup trop douce, lui reprocha-t-il.

– N'est-elle pas justement ainsi, en apparence? C'est une hypocrite, qui se dissimule derrière une façade trompeuse.

Peut-être, mais il faut donner au public l'impression d'une femme mûre et déterminée, sous son masque de gentillesse.

– Je m'y efforce.

– Sans succès.

Comme toujours pendant ces petites querelles, les autres comédiens commencèrent à se sentir mal à l'aise, car les deux vedettes semblaient prendre prétexte de leurs désaccords pour régler leurs disputes personnelles.

Robert congédia tout le monde.

Assez travaillé pour aujourd'hui. Allez-vous reposer. A demain, pour la répétition générale. Soyez en pleine forme; c'est un jour important.

Il leur adressa un sourire chaleureux dont il avait le secret, et chacun partit, confiant et rassuré.

« Comme il sait bien user de son charme! » songea Laura en l'observant ironiquement.

Il revint vers elle, de son allure souple et élégante. Ses vêtements noirs accentuaient encore sa grande taille et sa minceur.

– Naturellement, cela m'aiderait beaucoup si tu voulais bien abandonner tes jeans pour t'habiller d'une manière plus féminine, remarqua-t-il, sardonique, en détaillant sa silhouette. Il m'est très difficile de jouer les amoureux en face d'un garçon manqué!

Elle cita sur un ton provocant un passage de la pièce :

« Ma beauté vous est indifférente; l'habitude a émoussé votre intérêt, vous ne me regardez même plus. »

Il la scruta intensément pendant quelques secondes, puis répondit, par une autre citation :

« Vous mentez encore, vous me mentez toujours... »

Spontanément, presque sans s'en rendre compte, ils se mirent à réciter leurs rôles, avec une vivacité et un naturel extraordinaires. Pour la première fois, Laura trouva le ton juste, ressentant au fond d'elle-même l'émotion d'Ann, qui tentait désespérément de prendre au piège l'homme qu'elle aimait.

Son cœur battait à tout rompre, et une étrange exaltation s'empara d'elle, tandis que se déroulait cette scène cruciale pour les deux héros. Robert paraissait lui aussi animé d'un grand trouble. Il y avait si peu de différence, entre son texte et la réalité! Il défendait avec une énergie farouche son droit à l'indépendance...

Puis il la prit dans ses bras en s'écriant :

« Je vous aime... Quand je vous serre contre moi, je me sens le maître du monde... »

Laura se mit à trembler fièvreusement. Un éclair radieux dans le regard, elle posa ses mains sur ses épaules.

Avec une sorte de fatalité inexorable, Robert se pencha pour l'embrasser, sans douceur, avec autorité. Les sens de Laura s'enflammèrent soudainement. Elle lui répondit sans réserves.

Alors, il releva lentement la tête.

Tu as joué à la perfection. La scène sera excellente, la complimenta-t-il.

En quittant le théâtre, il lui proposa de la raccompagner.

- J'ai une voiture, à présent, l'informa-t-elle.
- Depuis quand?
- Pas très longtemps, admit-elle. J'avais un peu peur de conduire, au début, car je ne m'étais plus mise au volant depuis les États-Unis, mais j'ai vite retrouvé l'habitude. Et c'est tellement plus facile, en Angleterre! Là-bas, avec ces gigantesques autoroutes à cinq voies et ces flots d'automobiles ininterrompus, j'en avais de véritables cauchemars!

Elle hésita, puis ajouta, d'un air embarrassé :

- Robert... J'aimerais te parler en privé.
- Oh? De quoi donc?
- C'est un sujet trop délicat pour l'aborder ainsi, froidement... Accepterais-tu de venir dîner?
- Ce soir? demanda-t-il avec un empressement étonné.

Elle hocha la tête.

- D'accord. A tout à l'heure, lança-t-il en la quittant.

Perdue dans ses réflexions, Laura ne vit pas le temps passer, sur le chemin du retour, et fut toute surprise de se retrouver chez elle aussi rapidement.

Il fallait absolument apprendre la vérité à Robert, au sujet de Cara. Après en avoir discuté avec elle, Yates lui avait conseillé de tout lui raconter. Étant le premier concerné, Robert avait indéniablement le droit de savoir.

Cependant, les choses promettaient d'être malaisées. Pour commencer, Laura répugnait à lui avouer sa démarche indiscrète. Elle n'était pas très fière d'avoir fouillé curieusement dans la vie d'une morte et jugeait le procédé déshonorant. Pourtant, Cara avait causé tellement de tort, de son vivant... Tant de gens avaient souffert, par sa faute! Yates, Emily, Robert, Laura elle-même... Il valait beaucoup mieux avoir une conscience lucide de la situation, afin de cicatriser les blessures.

Laura prépara rapidement le dîner. Elle avait acheté de la viande froide et de quoi faire une salade composée. Comme dessert, une tarte aux pommes terminerait agréablement le repas.

Bientôt, Robert arriva, très ponctuel, à son habitude.

– Je retourne deux minutes à la cuisine. Mets un disque, suggéra-t-elle, et verse-toi à boire.

Il la rejoignit avec un verre de sherry à son intention. Appuyé contre la porte, il l'observa tandis qu'elle s'affairait aux derniers préparatifs.

– Je n'ai pas eu le temps de mijoter de bons petits plats, s'excusa-t-elle. Ce sera un repas froid.

– Cela me convient parfaitement. J'adore la salade. De plus, c'est excellent pour la santé, et pour la ligne!

– Tes admiratrices ne te pardonneraient pas de grossir, n'est-ce pas, Robert? le taquina-t-elle.

– C'est la rançon de la gloire! répondit-il en riant. Une idole se doit de rester svelte!

– De toute manière, tu ne crains rien, tu es tellement mince!

– Je ne prends pas de risques.

Tout en continuant à deviser sur ce mode plaisant, elle mit la table dans le coin de la grande pièce. Robert lui proposa aimablement ses services.

– Tu as un nouveau parfum, remarqua-t-il.

Elle acquiesça d'un signe de tête. En revenant, elle avait pris le temps de se changer, pour revêtir une robe de soie bleue, très vaporeuse et féminine, et s'était également maquillée avec soin.

Il se pencha pour humer de plus près la senteur de son cou.

– Hum... Tout à fait délicieux!

Il parcourut des yeux son corps frêle, s'attardant plus longuement sur sa taille de guêpe et le décolleté de son corsage.

– Tu es ravissante, en robe. Tu as enfin l'air d'une vraie femme!

– Merci, répliqua-t-elle sèchement.

– Ne prends pas ce compliment comme une critique! lança-t-il en riant. Je suis très flatté de te voir si belle en mon honneur.

Elle rougit et déclara :

– Je me change tous les soirs. Je m'habille en jean uniquement pour les répétitions.

Ils s'assirent et commencèrent à dîner.

– Comment va Yates? s'enquit-il, moqueur.

Laura se raidit. Cette question était une bonne entrée en matière pour entamer la discussion. Pourtant elle répugnait à rompre la trêve en abordant le sujet désagréable de Cara. La soirée avait si bien commencé! Quel dommage de détruire l'harmonie qui s'était instaurée entre eux.

Robert la dévisagea d'un air interrogateur.

– Tu parais inquiète. Pourquoi? Que s'est-il passé entre Yates et toi?

– Eh bien... C'est justement pourquoi je voulais te voir Yates a préféré me laisser le soin de tout te raconter... J'ai d'importantes nouvelles à t'annoncer...

Robert s'immobilisa, la fourchette en l'air, un éclair de dureté au fond de ses yeux gris. Après un long silence, il lança d'une voix glaciale :

– Ainsi, yates s'est déchargé sur toi de la responsabilité de me parler! Ce n'est pas très courageux de sa part! Je crois deviner de quoi il est question. Vous projetez sans doute de vous marier dès que notre divorce sera prononcé? Je ne me trompe pas?

Interloquée, Laura le fixa, bouche bée, trop surprise pour proférer le moindre son.

Il se pencha par-dessus la table, et déclara férocement :

– Eh bien, c'est très dommage pour vous, mais j'ai changé d'avis. Je ne veux plus divorcer. Je suis ton mari, et j'entends le rester, désormais.

8

– Tu as mal compris, Robert, tu fais erreur! protesta Laura avec véhémence. Yates n'est absolument pas en cause. Je voulais t'entretenir de Cara.

Il se rappuya contre le dossier de sa chaise en fronçant les sourcils.

– Je n'ai pas envie de discuter de cette vieille histoire.

– Il le faut.

– Cela n'a rien à voir avec toi.

– Le crois-tu vraiment? Notre mariage a tout de même été brisé! Lorsque tu m'as assuré ne pas être le père de son enfant, j'ai commencé à me poser beaucoup de questions sur elle. Peu à peu, j'ai résolu de percer le mystère. Voilà comment j'en suis venue à connaître Yates si bien. Il a été le premier amant de Cara. Il était amoureux d'elle, et voulait l'épouser.

Robert haussa les épaules.

J'étais vaguement au courant d'une liaison entre eux. Elle se moquait souvent de lui, très méchamment, d'ailleurs.

Elle n'était pas très charitable, n'est-ce pas?

Non. En fait, c'était une vraie peste.

Yates ne parvenait pas à l'oublier. Il a beaucoup souffert, à cause d'elle, et se remet à peine de son chagrin.

– Grâce à toi! lança-t-il sauvagement.

Elle secoua la tête.

– Il n'est pas épris de moi, Robert. Je t'assure. Une femme se rend toujours compte de ces choses-là.

– Ah bon? murmura-t-il. Ta remarque est intéressante. Continue.

Elle évita son regard en rougissant.

– Je veux te relater certains faits importants concernant Cara...

– Je t'écoute.

Elle lui rapporta alors les révélations de Pat.

– Cara t'a menti de façon éhontée. Tu as dormi dans son lit, mais il ne s'est absolument rien passé cette nuit-là. Naturellement, tu étais trop ivre pour te rappeler quoi que ce soit. Elle était triomphante, paraît-il, de t'avoir dupé aussi habilement, et a saisi l'occasion avec une froide délibération. De toute évidence, elle était très déséquilibrée.

– Parce qu'elle s'était éprise de moi?

– Ne fais pas semblant de ne pas comprendre, murmura-t-elle en s'empourprant.

– Effectivement, Cara n'avait pas un comportement très normal, convint-il durement. Son arrivisme l'obsédait. En tout cas, je suis soulagé de ne pas avoir été son amant. Pourtant, cela n'aurait pas été impossible, je ne m'en cache pas. Je n'ai jamais prétendu avoir vécu comme un moine.

– Tu as toujours été sincère avec moi, c'est vrai, admit Laura.

Ils s'étaient sans réserves confiés l'un à l'autre, durant la période idyllique de leurs brèves fiançailles. Que de perspectives merveilleuses s'ouvraient alors à eux! Ils rayonnaient de bonheur, bouleversés par l'éclosion de leur amour ardent et passionné. A l'époque, Laura se serait donnée à Robert sans la moindre hésitation, mais il avait fermement refusé d'anticiper sur leur mariage. Rien ne devait ternir la perfection de leur passion...

– Conformons-nous aux vieilles traditions, même si elles nous paraissent aujourd'hui un peu désuètes, avait-il déclaré gaiement. Savourons le plaisir de l'attente, ma chérie. Ne précipitons rien. Je ne veux pas risquer de gâcher notre joie avant d'avoir prononcé solennellement notre serment de mariage.

Comme Laura avait été heureuse et fière, de ce sage raisonnement! D'une certaine façon, leur patience avait fortifié leur amour, et lui avait donné une profondeur nouvelle.

Robert ne lui avait rien dissimulé de sa vie de célibataire et de ses succès de séducteur. Loin d'avoir toujours observé ces règles de conduite démodées, il avait connu de nombreuses femmes, au cours d'une existence agitée.

– Voilà pourquoi je tiens tant à me comporter différemment avec toi, avait-il déclaré fougueusement. Tu n'es pas comme les autres... Tu es unique, mon amour.

Quel compliment flatteur pour Laura! Elle avait eu tellement peur de le décevoir, par son manque d'expérience... Jusqu'alors, sa carrière l'avait absorbée tout entière. Aucun homme ne l'avait marquée. Quand Robert avait subitement fait irruption dans sa vie, il avait tout bouleversé, et l'avait emportée dans un tourbillon étourdissant. Plus rien n'avait compté, désormais. Il était tout, pour elle...

Robert repoussa son assiette; il avait à peine touché à sa nourriture.

– Quel effroyable gâchis! observa-t-il sombrement. Notre mariage brisé, et tous ces mois d'angoisse et de solitude à cause d'une égoïste à demi folle qui s'est moquée de moi!

– Elle était sans doute très malade et irresponsable.

– Tu es bien charitable.

– Elle m'inspire beaucoup de pitié, car elle était probablement très malheureuse et désespérée.

Il planta son regard dans le sien et reprit :

– Je ne lui pardonnerai jamais d'avoir tué notre amour. Je déplore sa fin tragique, mais cela ne suffit pas à m'apitoyer...

– Elle ne s'est pas réellement suicidée non plus, Robert, l'interrompit vivement Laura.

– Quoi?

– C'était un stratagème, un chantage pour attirer ton attention. En fait, elle comptait sur le retour de Pat pour la sauver à temps et la conduire à l'hôpital. Malheureusement, son amie a été retardée, ce soir-là..

– Mon Dieu! A l'époque, son suicide m'a stupéfié et déconcerté, je l'avoue. Il se dégageait d'elle une telle opiniâtreté! Elle ne donnait certes pas l'impression d'être sur le point de capituler d'une manière aussi sordide.. Maintenant, je comprends mieux...

Il se leva et se mit à arpenter nerveusement la pièce, les mains dans les poches.

– Quand je pense à tout le mal qu'elle nous a fait! C'est abominable...

– Elle t'aimait sincèrement, je crois, murmura Laura.

Il secoua la tête.

– Elle ne connaissait même pas la signification de ce mot!

– Son existence n'avait pas été très heureuse, insista-t-elle tristement. Yates la considère sous un angle totalement différent. Selon lui, c'était une pauvre enfant affreusement seule qui avait un grand besoin d'affection.

– Elle aurait pu se consoler avec Yates, puisqu'il était amoureux d'elle, lui!

Laura esquissa un sourire. Comme il était aveugle et

entêté, parfois! Avec sa mine boudeuse et renfrognée, il avait l'air d'un petit garçon en colère!

– Ce n'est pas toujours aussi simple, dit-elle doucement. On ne choisit jamais qui on aime. Il ne sert à rien d'essayer de se raisonner. La logique n'a aucun rapport avec les sentiments.

Il la scruta en silence, intensément.

– Ce sont tes convictions, Laura?

– Elles ne me sont pas personnelles. Il en est ainsi pour tout le monde, je crois, murmura-t-elle.

Il eut un geste vers elle, mais s'immobilisa brusquement. Laura attendit, le cœur battant, mais il n'ajouta rien. Elle entreprit de débarrasser la table et revint de la cuisine avec le dessert.

– Pardonne-moi, je n'ai plus très faim, dit Robert.

Elle lui servit néanmoins une petite portion de tarte aux pommes, et il se rassit à contrecœur, une expression absente figée sur ses traits.

Ils s'installèrent ensuite sur le canapé pour prendre le café, avec une douce et triste sonate de Brahms en musique de fond. Laura avait éteint la lumière trop vive du lustre au plafond; dans la semi-pénombre de la pièce, seule brillait la lueur reposante d'une petite lampe.

Adossé contre les coussins moelleux, Robert baissa les paupières, comme pour mieux savourer la mélodie. Laura observa longuement son beau visage intelligent, au contour si finement dessiné, dont émanait une force de caractère étonnante.

A la fin du morceau, elle bougea pour changer le disque, mais Robert se leva avec regret.

– Je dois partir, annonça-t-il tranquillement.

Bien trop soulagée de le voir enfin plus calme, elle ne protesta pas. Ces quelques instants de repos lui avaient apparemment permis de recouvrer un peu de sérénité. Elle le raccompagna jusqu'à la porte.

– Bonne nuit, Laura. Merci.

– Pour l'invitation? J'ai été très contente de te recevoir.

Il secoua la tête.

– Merci pour tout, pour cette discussion...

Il se pencha et effleura ses lèvres d'un baiser très tendre et affectueux.

– Dors bien. Cette mise en scène de « Homme et surhomme » doit être un succès, et marquer les annales du théâtre comme un événement mémorable.

– Tu es très exigeant, Robert!

– Sans l'ambition, on obtient jamais rien de bon, déclara-t-il sentencieusement.

Après son départ, elle fit hâtivement la vaisselle et rangea l'appartement, puis se mit au lit sans tarder. Elle aurait besoin de toute son énergie pour la répétition du lendemain, la dernière avant la grande générale.

Ce fut un véritable désastre. Peu accoutumée à porter des robes longues, horriblement nerveuse de surcroît, Laura ne cessa de s'empêtrer dans ses jupes. Elle en oublia même son texte, tant elle se concentrait sur les difficultés de sa démarche. Polly avait perdu tout son mordant, et se montra affreusement terne dans son interprétation du rôle de Violet.

– J'ai la migraine, expliqua-t-elle à Robert. Cela m'arrive de temps en temps. Le seul remède efficace est le repos complet dans le noir.

– Ce n'est pas le moment d'y songer! cria-t-il, furieux.

Elle fondit en larmes.

– Ne sois pas aussi brutal, protesta Laura en passant un bras autour des épaules de la jeune fille.

– Cette répétition est une vraie catastrophe! poursuivit Robert sur le même ton. Polly, cessez de pleurer. Vous êtes en train d'abîmer votre maquillage.

– Oh...! gémit Polly en redoublant de sanglots.

– Emmène-la dans sa loge, ordonna-t-il à Laura.

Là, elle installa Polly sur un fauteuil et la laissa dans l'obscurité, un tampon d'eau fraîche sur le front.

Lorsqu'elle revint sur la scène, elle foudroya Robert du regard.

– Comment va-t-elle? s'enquit-il.

– Elle ira mieux dans un moment, promit-elle sur un ton tranchant.

Ils reprirent la séance. Polly les rejoignit un peu plus tard, les yeux rougis, et s'acquitta honorablement de son interprétation, cette fois. Mais ce fut au tour de Tony Monk de subir les critiques du metteur en scène.

– Votre personnage est un homme d'affaires puissant et sûr de lui, pas un adolescent effarouché! hurla Robert rageusement, avant de s'en prendre immédiatement à quelqu'un d'autre.

Devant l'air piteux de Tony, Laura lui sourit pour le réconforter. Il la remercia d'un regard mélancolique et prit sa main pour la porter à ses lèvres et y déposer un baiser affectueux, au creux de la paume.

Robert se retourna à ce moment-là et surprit son geste. Il les observa froidement, avec une expression menaçante. Aussitôt, le jeune Américain pâlit et s'empressa de lâcher Laura, qui dévisagea son mari avec colère. Pourquoi réagissait-il toujours aussi jalousement à la gentillesse des autres envers elle? Lui-même ne lui témoignait aucun égard... Il se comportait vraiment d'une manière horriblement possessive. Cela lui était insupportable et la hérissait.

Vous êtes supposé être amoureux de Violet, monsieur Monk, dois-je vous le rappeler? se moqua Robert sarcastiquement. Ne la confondez pas avec Ann!

Tony garda un silence prudent. La répétition continua bon gré mal gré, émaillée de toutes sortes d'incidents.

Un pan du décor s'effondra; les objets n'étaient pas placés aux bons endroits... Tout le monde bredouillait et souffrait de trous de mémoire; tous les costumes avaient besoin de retouches... Un calepin à la main, la costumière prit bonne note des remarques inombrables de Robert, de plus en plus mécontent.

Tout le monde poussa un soupir de soulagement lorsqu'il leva enfin la séance.

– Cela suffit pour aujourd'hui! Inutile de poursuivre, nous sommes tous excédés et épuisés. Nous avons réglés beaucoup de problèmes. Tout se passera bien, j'espère. Je vous souhaite bonne chance!

– Bonne chance! répondirent-ils tous en chœur en quittant la scène avec empressement.

Au moment où Laura s'apprêtait à partir, Tony la rattrapa par le bras.

– Voulez-vous dîner avec moi?

Elle hésita. Robert les regardait, les mains sur les hanches, les sourcils froncés.

– Merci, Tony, mais je préfère me reposer ce soir. C'est plus raisonnable...

La première représentation devait se produire au *Kean Theatre*, construit deux ans auparavant pour abriter le Festival de Whitbury. Il était situé à une heure de route de Londres, dans la paisible campagne du Kent. Tout autour, on avait aménagé un parc superbe, où coulait une petite rivière bordée de saules pleureurs et peuplée de cygnes.

Robert avait proposé à Laura une place dans sa voiture. Ils répéteraient brièvement au *Kean* une dernière fois, afin de se familiariser avec les lieux, mais puisqu'ils avaient eu la possibilité de travailler dans les décors de la pièce, ce changement d'endroit ne présentait pas de difficultés majeures.

Le Kean, un théâtre de répertoire où se produisait une

troupe permanente, était constamment utilisé. Il avait donc fallu profiter de quelques jours de relâche pour s'insérer dans le programme.

Nous aurons peut-être des problèmes, expliqua Robert le lendemain sur le chemin de Whitbury. La compagnie attachée au *Kean* est déjà en train de répéter la nouvelle production. Nous ne nous gênerons pas trop, j'espère.

De toute façon, nous sommes là uniquement pour trois jours, remarqua Laura. Nous ne les envahirons pas longtemps!

Le théâtre était un édifice magnifique, très imposant. Une jolie moquette recouvrait le sol, jusque dans les coulisses. Les loges des artistes étaient petites, mais pratiques et bien chauffées, avec de grands miroirs et un bon éclairage.

Malgré une certaine anxiété, tout le monde était ravi de se produire là pour la générale. Robert paraissait le plus tendu de tous et continuait à distribuer conseils et recommandations de dernière minute.

L'estomac noué, une terrible impression de vide dans la tête, Laura souffrait d'un trac épouvantable. Lorsqu'elle se fut habillée, Robert vint la voir dans sa loge.

Bonne chance! lui souhaita-t-il en se penchant pour déposer un baiser sur sa joue. Tout le monde sera malade d'envie quand je t'embrasserai dans la scène finale! Tu es très belle, le public va t'adorer!

Elle rit nerveusement.

J'aimerais bien avoir ton assurance! En tout cas, ton succès à toi est une certitude. Les femmes te feront un triomphe; elles sont toutes folles de toi!

Même l'héroïne de la pièce? demanda-t-il sur un ton désinvolte.

Laura se mit à jouer distraitement avec sa trousse à maquillage.

– Allons, tu connais parfaitement ses sentiments à ton égard!

– Justement, non! murmura-t-il.

Le cœur battant, les joues rouges d'émotion, elle commença d'une voix rauque :

– Robert...

Mais la porte s'ouvrit brusquement à cet instant et Yates fit irruption à grand bruit, portant dans ses bras un énorme ours en peluche habillé en Écossais.

– N'avez-vous jamais songé à embrasser la carrière d'acteur, Yates? demanda Robert furieusement.

Yates le regarda sans comprendre.

– Vous avez un tel sens de l'à-propos! Vous avez fait une entrée remarquable, vraiment à point nommé! railla Robert.

– Je ne saisis pas très bien, répondit le peintre, médusé.

Il se tourna vers Laura, qui lui adressa un petit sourire forcé. Sa visite arrivait à un moment bien inopportun...

– Vous êtes absolument ravissante, Laura. Belle comme le jour!

Robert se raidit, malgré le regard implorant de Laura. Il ramassa l'ours en peluche posé sur une chaise et s'écria :

– Mon Dieu, que c'est affreux!

Yates le lui arracha des mains.

– C'est un cadeau. Laura, je vous présente MacHaggis. Adoptez-le comme mascotte, il vous portera bonheur!

Ravie, elle éclata de rire.

– Il est charmant!

– Oui, en effet... grogna Robert, sarcastique.

Laura l'ignora.

– Merci infiniment de votre gentillesse, Yates. Vous me faites très plaisir.

Le peintre la prit subitement par les épaules, et à la

stupéfaction de la jeune fille, planta sur sa bouche un baiser ferme et déterminé.

– Le transfert de sentiments entre un malade et son psychiatre est un phénomène tout à fait normal, pendant une cure, observa Robert sur le ton de la conversation.

Laura s'empourpra violemment. Yates, lui se contenta de fixer Robert d'un air déconcerté, ne comprenant apparemment rien à son attitude et à ses remarques.

– Détendez-vous! lui lança-t-il gentiment. Les soirs de générales sont toujours très éprouvants pour les nerfs, mais il faut surmonter les appréhensions.

– Dehors! commanda Robert. Laura a besoin de calme avant le lever de rideau.

– Bonne chance! répéta Yates avec un clin d'œil amical A tous les deux...

Après son départ, Robert installa MacHaggis dans un coin, soigneusement hors de vue. Puis il sortit un petit coffret de sa poche, l'ouvrit, et le posa sur la coiffeuse de Laura.

Elle le contempla en silence avec un sourire ému, les yeux brillants de larmes. A une chaîne d'argent, pendait un médaillon très simple, en forme de cœur. Le prenant dans ses doigts tremblants, elle découvrit à l'intérieur la photographie miniature de son visage. Le deuxième compartiment était vide...

– Merci, Robert. C'est le plus beau bijou qu'on m'ait jamais offert...

Elle effleura délicatement le côté demeuré libre.

– Je n'y ai rien mis, à dessein, déclara Robert. C'est à toi de décider quel portrait placer en face du tien.

Elle leva vers lui un regard radieux.

– Mon choix est déjà fait, Robert. C'est pour moi la chose la plus facile et la plus évidente au monde.

– Vraiment? insista-t-il d'une voix pressante.

Mais déjà les haut-parleurs claironnaient les premiers

avertissements. Le temps semblait décidément contre eux. Robert émit un grognement irrité, puis éclata de rire.

– Nous aurons tout le loisir d'en parler tout à l'heure, chuchota-t-il en se penchant pour l'embrasser sur les lèvres, avec une arrogance tranquille et exigeante.

Quand la porte se fut refermée, Laura contempla dans le miroir son visage illuminé. L'excitation du soir de la générale était loin d'en être la seule raison...

9

Après la chute du rideau, Laura s'immobilisa avec anxiété, pendant une seconde interminable. Puis un tonnerre d'acclamations et d'applaudissements éclata de l'autre côté de l'épaisse tenture de velours rouge Déchaînés, les spectateurs hurlaient leur approbation et tapaient des pieds dans un vacarme étourdissant.

Elle poussa un soupir de soulagement et se tourna vers ses camarades, eux aussi rouges de bonheur et d'émotion. Dans un même élan, ils se regroupèrent pour venir tous ensemble saluer le public.

Radieuse, Polly leva le pouce en signe de victoire. Tony riait aux éclats. Robert prit la main de Laura et lui caressa tendrement le poignet.

Leurs regards se croisèrent furtivement, et elle pressa les doigts de Robert en tremblant convulsivement.

- Tout va bien, chuchota-t-il d'un air satisfait.

Le rideau se releva lentement à ce moment-là. La représentation avait remporté un triomphe inouï, inespéré après le désastre de leur dernière répétition. Ce soir, tout s'était déroulé à la perfection; cela semblait un vrai miracle

Laura et Robert eurent droit à deux rappels séparés. Rayonnant de joie, ils reçurent les hommages de l'auditoire avec une gratitude souriante, et s'inclinèrent profondément sur le devant de la scène, juste sous les feux de la rampe. Puis, Robert se tourna vers elle et porta sa main à ses lèvres avec une ferveur galante.

Quelqu'un apporta une magnifique gerbe de fleurs, que Laura accepta avec une reconnaissance émue, les larmes aux yeux. Quand son mari se recula un peu pour bien marquer le succès tout particulier gagné par l'interprétation de la vedette féminine, elle tira une gracieuse révérence, puis se retourna vers lui, et choisissant avec soin une rose rouge dans la corbeille, la lui tendit dans un geste éloquent.

Robert l'accepta avec un petit signe de tête et l'effleura de sa bouche. Les applaudissements redoublèrent de plus belle. Dans le fond de la scène, Polly chuchota à l'oreille de Tony :

– Je n'ai jamais vu en public des déclarations d'amour aussi enflammées!

Une grimace d'amertume se peignit sur le visage du jeune Américain.

– C'est une comédie ridicule! Ils n'arrêtent pas de se quereller, en privé.

Polly hocha la tête d'un air compatissant.

– Pauvre Tony! Vous êtes terriblement affecté...

Il se récria aussitôt, en rougissant de colère :

– Leurs histoires ne me concernent pas. Je m'en moque éperdument.

Polly s'abstint de tout commentaire. Puis, les deux vedettes s'éclipsèrent discrètement pour céder la place au reste de la troupe.

Il y eut six rappels, en tout. A la fin, Robert prit la parole pour remercier chaleureusement l'assistance, au nom de toute la compagnie.

Dans les coulisses, ce fut une explosion d'allégresse collective. Tout le monde s'embrassait et bavardait avec une animation débordante.

Laura était épuisée de fatigue, physiquement et moralement. La tension des derniers temps se faisait à présent cruellement ressentir, et elle avait très envie de se retrouver au calme, dans son paisible appartement de Londres, à l'abri du tapage et de l'éclat de la gloire. Elle aimait beaucoup l'atmosphère brillante et exaltante du monde du spectacle, mais après ces moments intenses, étourdissants, la tranquillité et la solitude lui étaient nécessaires, afin de préserver son équilibre et sa sérénité.

A force de sourire, elle en avait mal aux muscles des joues. Elle parlait sans arrêt, avec volubilité, complimentait ses camarades, recevait leurs félicitations. Mais au fond d'elle-même, elle n'aspirait qu'au silence.

Lorsque Robert pénétra dans sa loge bondée, les autres s'écartèrent, pour les observer avec curiosité.

– Tu as été admirable! la congratula-t-il de sa voix nonchalante. Absolument fantastique! On se souviendra pendant longtemps de cette représentation éblouissante.

Immobile, elle ne répondit rien, et le regarda d'un air profondément déçu. Pourquoi lui adressait-il ces compliments désinvoltes et vides de sens? Ce genre de flatterie ne la touchait absolument pas. Elle s'était attendue à autre chose, de sa part...

Avec un sourire chaleureux, il se tourna vers le reste de la troupe.

– Laura a besoin de se reposer un peu, maintenant. Bravo à tous! A tout à l'heure, pour notre petite fête.

Une réception était organisée dans les salons d'un hôtel de Whitbury, avec un buffet froid et un orchestre. Il était de tradition de célébrer ainsi l'événement de la générale, même s'il s'était soldé par un échec, d'ailleurs. Ce soir, malgré leur succès triomphal, Laura se serait volontiers esquivée...

– Cela va mieux? s'enquit gentiment Robert quand tout

le monde fut parti. J'ai remarqué combien tu étais pâle et tendue. J'ai volé à ton secours, pour te sauver de l'asphyxie!

- Merci, Robert... Je...

Elle s'était méprise sur son intervention, et avait mal interprété ses propos guindés, devant les autres. En fait, il avait simplement usé de son autorité pour mettre poliment leurs camarades à la porte.

Elle esquissa un sourire, mais une ombre rêveuse et mélancolique voilait son regard bleu.

- Tu connais mon sentiment, Laura, n'est-ce pas? Les mots me manquent pour t'exprimer mon admiration. Un concert d'éloges ne suffirait pas à te dire toute ma fierté. Je ne t'ai jamais vue aussi brillante, surtout dans la dernière scène... Le public aussi, était extraordinaire.

Sa voix tremblait d'émotion et de sincérité. Toute frémissante, les yeux embués de larmes, elle s'écria :

- Oh, Robert... Moi aussi, je...

Elle eut un geste d'impuissance et réfléchit un instant à la manière de traduire le plus fidèlement ses pensées.

- Je suis devenue Ann, au dernier acte, complètement, avec ses idées, ses émotions. Et toi, tu étais Jack, dur, arrogant, dominateur, mais si vulnérable aussi dans l'affirmation de sa virilité. On devrait toujours jouer ainsi, lorsqu'on est un bon acteur, et s'identifier totalement à son personnage. N'est-ce pas?

La tête penchée de côté, il la dévisagea attentivement, puis déclara :

- Tu as vraiment besoin de repos. Tu es encore toute bouleversée.

Il tendit la main pour essuyer ses yeux humides.

- Ces costumes de la Belle Époque te vont à ravir, ajouta-t-il avec un sourire charmeur.

- Tu les préfères à mes jeans? le taquina-t-elle.

Il plissa le nez d'un air désapprobateur.

– Indiscutablement! Je conçois sans peine la commodité des tenues décontractées, mais je les exècre! Rien ne me fera jamais battre le cœur comme la vue d'une jolie femme habillée avec grâce et élégance.

– Bat-il très vite, Robert, en ce moment? demanda-t-elle d'une voix hésitante et malicieuse.

Il lui prit la main pour la poser contre sa poitrine.

– Tu le sens?

Elle retint son souffle un instant.

– Robert...

Au moment où il s'approchait pour la serrer contre lui, une voix s'éleva derrière eux. C'était le directeur du *Kcun,* venu les féliciter tous deux. Laura se crispa quand Robert la lâcha brusquement pour accueillir ce nouvel importun. Par quelle fatalité était-elle toujours interrompue à l'instant crucial où elle s'apprêtait à avouer son amour à Robert?...

Un peu plus tard, elle se changea et revêtit la robe achetée spécialement pour l'occasion : de style très sobre, toute blanche, elle avait un haut très ajusté et s'évasait souplement à partir des hanches, à la mode des années vingt.

Robert s'était habillé d'un costume de velours noir. Lorsqu'il passa la chercher, il la saisit par le bras et s'arrêta un instant avec elle devant la grande glace.

– Nos tenues forment un contraste saisissant, remarqua-t-il d'un air satisfait. L'effet est très réussi, tu ne trouves pas?

– Ma toilette te plaît? le questionna-t-elle anxieusement.

Il s'écarta pour mieux la contempler.

– Tu es superbe, Laura. Je suis fou de toi, ne le sais-tu pas? Mais ne compte pas sur moi pour me répandre à longueur de temps en éloges flatteurs! ajouta-t-il moqueusement. J'aurais peur d'offenser ta modestie naturelle!

Viens, maintenant. Ils doivent tous nous attendre avec impatience.

La fête se déroula dans une atmosphère très agréable de gaieté et de réjouissance. Tout le monde s'amusa beaucoup et bavarda avec entrain. De toutes parts fusaient les rires et les éclats de joie, et le champagne coula à flots.

Tony buvait beaucoup, remarqua Laura avec une légère inquiétude. Il était très excité, et se comportait avec une agressivité qui ne lui était pas coutumière. Son intonation impérieuse la surprit à plusieurs reprises.

– Il est un peu déprimé, lui confia Polly avec une grimace.

– Pourquoi?

Le sourire sarcastique et amusé de sa compagne la renseigna et elle rosit de confusion.

– Il est très amoureux de toi, murmura Polly. Il s'en est rendu compte ce soir, je crois, quand il t'a vue avec Robert au moment des rappels. Apparemment, il a mal supporté ta petite exhibition avec lui. Ton regard éperdu d'amour et d'admiration lui a transpercé le cœur!

Laura devint cramoisie.

– Tout est rentré dans l'ordre entre vous, à présent, n'est-ce pas? poursuivit Polly.

– Je le voudrais bien, soupira Laura. Cela semble en bonne voie, mais la situation n'est pas encore rétablie...

Yates s'approcha, le front soucieux.

– Le jeune Monk est très belliqueux, ce soir. Il vient de m'insulter effrontément. S'il n'était pas aussi saoul, je lui infligerais une sévère correction.

Il s'interrompit et corrigea pensivement :

– Si je ne haïssais pas autant la violence, plutôt...

Involontairement, Laura éclata de rire. Robert, à l'autre bout de la pièce, et Tony Monk, tout près, se retournèrent et observèrent la complicité affectueuse de peintre et de la comédienne.

– Yates, vous êtes si drôle, parfois! s'écria-t-elle. Je ne vous imagine vraiment pas en train de frapper ce pauvre Tony!

– Moi non plus... Pourtant, il a dépassé les bornes. Je devrais l'obliger à me présenter des excuses.

– Qu'a-t-il donc dit de si abominable? le questionna Polly.

Il l'observa d'un air surpris, comme s'il avait complètement oublié sa présence.

– Il m'a traité de Picasso de troisième ordre!

Son intonation méprisante et offusquée provoqua un sourire de connivence chez les deux jeunes filles, et Polly réprima à grand-peine une forte envie de rire.

– Que trouvez-vous donc là de si amusant? fulmina-t-il, en foudroyant Polly du regard.

– Vous! s'écria-t-elle. Que vous importe l'avis de Tony? Vous êtes doué, et vous avez conscience de votre valeur, je présume?

Yates écarquilla les yeux d'étonnement.

– Mais oui, continua-t-elle, cramoisie. Vous avez énormément de talent, et assez d'esprit critique pour vous rendre compte de vos qualités et de vos faiblesses. Tony a-t-il beaucoup de connaissances, dans le domaine de la peinture?

– Aucune, acquiesça Yates sur un ton approbateur. Vous avez mille fois raison, mais je déteste les jugements péremptoires et mal informés.

– Vous connaissez le proverbe : La critique est aisée, mais l'art est difficile...

Intrigué et touché par l'intérêt de Polly, Yates demanda en la scrutant avec attention :

– Êtes-vous vous-même un amateur averti?

– Non, avoua-t-elle en toute franchise. Mais j'ai des goûts affirmés, et je sais apprécier certaines œuvres.

– Lesquelles?

Polly rougit et détourna le visage, sans répondre.

Yates parut subitement très surpris et déconcerté, comme s'il venait de faire une découverte. Au bout d'un moment, il proposa :

Accompagnez-moi au buffet. Il y a des gâteaux très appétissants.

Laura les regarda s'éloigner rêveusement. Tony l'interrompit dans ses pensées. Très rouge, l'air sombre, il la salua ironiquement :

Bonjour, Princesse!

Nerveuse et irritée, elle tâcha cependant de n'en rien montrer et de rester courtoise.

Bonsoir, Tony. Vous êtes très entouré, ce soir. Vous avez beaucoup de succès! Vous avez joué de façon tout à fait remarquable.

Il secoua la tête furieusement.

Au diable les banalités! Quel genre de femme êtes-vous donc? Vous êtes belle, célèbre, mais aussi terriblement orgueilleuse! Pourquoi prenez-vous toujours des pauses aussi hautaines? Est-ce le succès qui vous tourne la tête, ou les hommes qui papillonnent constamment autour de vous? Cela vous plaît, n'est-ce pas, de vous imaginer le centre de l'univers, en représentation permanente, sous les projecteurs! Mais vous êtes froide, insensible, incapable d'établir des relations sincères avec les gens. Même avec votre mari!

Laura pâlit et subit silencieusement cette avalanche de paroles dures et amères. Autour d'eux, le murmure des conversations s'estompa tandis qu'on commençait à les dévisager avec curiosité. Tony parlait fort, sans pudeur ni discrétion. Horriblement embarrassée, elle aurait voulu disparaître sous terre. Mais de peur de provoquer un scandale, elle n'osa pas s'en aller ou se détourner et demeura paralysée. Tony n'était absolument plus maître de ses réactions et était bien capable de se montrer violent.

L'alcool l'avait rendu fou furieux, lui ôtant le contrôle de lui-même, tandis que des émotions longtemps refoulées refaisaient surface.

Heureusement, Robert arriva calmement derrière lui. Il le prit par l'épaule, gentiment mais fermement.

– Venez boire un café, Tony, suggéra-t-il tranquillement.

Sans attendre sa réponse, il l'entraîna à ses côtés et le guida à travers les groupes avec une autorité impressionnante.

Après leur départ, les conversations reprirent comme si de rien n'était. Polly et Yates réapparurent auprès de Laura, avec un assortiment de pâtisseries à son intention.

– Goûte! lança Polly. C'est succulent. Je te conseille tout particulièrement les profiterolles et les meringues.

Tout en parlant, elle examinait anxieusement le visage de son amie. Laura se força à avaler une bouchée de gâteau, mais l'esclandre provoqué par Tony lui avait laissé un goût de cendre dans la bouche.

– Délicieux! murmura-t-elle sans conviction, du bout des lèvres.

– Vous ne vous sentez pas bien, Laura? s'enquit Yates à mi-voix. Vous avez une mine épouvantable!

– Tony m'a fait peur, admit-elle.

– Tous les hommes vous produisent-ils le même effet?

– Que voulez-vous dire?

Il haussa les épaules.

– Vous me donnez cette impression, c'est tout. Votre présence provoque de curieuses réactions. Vous ressemblez à la Belle au Bois Dormant, endormie dans son lointain château, mystérieusement cachée au fond d'une épaisse forêt envahie par les ronces, dans un paysage d'hiver, enneigé, glacé...

Polly lui jeta un regard sombrement mélancolique.

– Allez-vous réveiller par un baiser la belle princesse, Yates? demanda-t-elle, moqueuse.

– Non. Je suis trop occupé pour me lancer dans des aventures de contes de fées, déclara-t-il fermement.

– Je me souviens maintenant! s'écria-t-elle tout à coup. N'avez-vous pas illustré un livre de contes pour enfants?

– Où diable avez-vous entendu parler de cela?

– Dans un magazine...

Se tournant vers Laura, elle ajouta :

– Prépare-toi à apparaître prochainement sous les traits de Blanche-Neige!

– De la petite sirène, plutôt, corrigea Laura d'un air amusé.

– Et moi, Yates, comment me voyez-vous? s'enquit Polly.

– En Peau d'Ane! la taquina-t-il.

– Merci! s'écria-t-elle sur un ton fâché.

Laura éclata de rire.

– Cela t'apprendra à te méfier de Yates! Il ne perd pas une occasion de se moquer!

– Petite médisante! s'écria Yates en la prenant subitement par la taille, avec un sourire féroce. Je me vengerai!

Il l'entraîna sur la piste de danse, au son d'une musique au rythme endiablé. Laura riait aux éclats, en le suivant de son mieux dans ses évolutions fantasques. Lui, relevait la tête avec arrogance et claquait fièrement les talons, imitant les danseurs de flamenco espagnol. Il enleva même la rose qu'elle portait dans ses cheveux pour la tenir entre ses dents avec une impertinente désinvolture.

Bientôt, les autres couples se reculèrent, amusés, et se mirent à taper des mains en cadence, comme pour les encourager dans ce numéro éblouissant d'agileté.

De retour, Robert se posta à l'entrée, les bras croisés, une moue de réprobation dédaigneuse figée sur ses traits.

En l'apercevant, Laura se raidit et s'empourpra violemment. Yates tourna la tête vers la porte et arrêta immédiatement de danser, en adressant à Robert un sourire gêné.

– Comment va notre ami américain? demanda-t-il pour masquer son embarras.

– Je l'ai envoyé se coucher, répliqua Robert sèchement.

Ils entamèrent une conversation polie et hésitante, un peu à l'écart. Bientôt, la fête battait à nouveau son plein et les autres participants les avaient oubliés.

– Il fait très chaud, ici. Sortons un moment, offrit Robert en prenant Laura par le bras.

Dans le hall, le réceptionniste était à moitié endormi sur son bureau. A part les comédiens qui avaient réservé leurs chambres pour trois nuits, l'hôtel semblait désert.

Robert toisa sa femme avec mépris.

– Deux scènes en une soirée! Bravo! Quel exploit! railla-t-il. Tu n'es pas heureuse si tu n'as pas quelques admirateurs à tes pieds, et à ta merci! Monk n'avait pas tort. Tu as rendu ce pauvre garçon à moitié fou. Tu es fière de toi, j'espère?

– Ce n'est tout de même pas ma faute si...

– Mais non! Naturellement! persifla-t-il. Tu n'es jamais responsable de rien!

– Je n'ai pas demandé à Tony de tomber amoureux de moi! protesta-t-elle. Je suis un être humain; je vis en société et ne peux pas éviter les contacts avec les hommes. Je ne vais pas me cloîtrer pour fuir les problèmes et les difficultés! La vie est imprévisible, mais c'est justement là tout son charme. On n'est jamais en sécurité, à moins de s'emmurer vivant, ou de s'enfermer dans la routine. Jamais je ne consentirai à mener une existence de recluse, pour quiconque!

– Tu es mariée, lui rappela-t-il insolemment. Je t'avais prévenue de t'éloigner de Monk, car je prévoyais le danger. Il te trouvait très séduisante, et te faisait du charme, c'était évident. Malgré cela, tu as méprisé mes avertissements; tu l'as encouragé, et tu es sortie avec lui, à plusieurs reprises. Maintenant, il est amoureux de toi, et il souffre, par ta faute. Ce n'était pas inéluctable, Laura. Tu aurais pu éviter tous ces ennuis.

Laura se mordit la lèvre et baissa piteusement la tête. C'était vrai. Elle avait encouragé l'assiduité de Tony dans le but de rendre son mari jaloux. Mais comment avouer cela à Robert? Elle n'oserait jamais! Il deviendrait encore plus amer et en colère...

Il empoigna son bras rageusement.

– Et Yates! N'avais-tu pas honte, de te donner ainsi en spectacle avec lui? Vous aviez l'air absolument ridicules, tous les deux, dans votre exhibition de mauvais goût. Tu exerces d'ailleurs une étrange influence sur Yates. Il est devenu méconnaissable. Je ne l'ai jamais vu se comporter ainsi par le passé. Il est épris de toi, lui aussi.

– Tu me traites comme si j'étais une séductrice! lui reprocha-t-elle, rouge de honte et de colère.

– Oserais-tu le nier? Si tu n'en es pas une, tu joues ton rôle à la perfection. Je regrette bien, d'ailleurs, d'avoir oublié tes talents d'actrice et de m'y être laissé prendre, trop souvent.

– Que dois-je comprendre à cela?

– Si j'avais été lucide, jamais l'idée ne me serait venue de t'épouser.

Elle tressaillit et s'empourpra jusqu'à la racine des cheveux.

– Merci! lança-t-elle stupidement, incapable de trouver une autre réplique.

– Qu'y a-t-il? Tu ne supportes pas la vérité? C'est trop douloureux?

– Je suis fatiguée. Je vais me coucher.

Il éclata de rire.

– C'est cela, sauve-toi! Comme d'habitude lorsque tu rencontres un problème, tu prends la fuite! Tu nies la réalité pour ne pas souffrir. Quand donc te décideras-tu à être honnête avec toi-même et à affronter les choses et les gens lucidement?

– Ne sois pas si cruel! cria-t-elle, les yeux brûlants de larmes. Comment peux-tu?...

Un sanglot étouffa la fin de sa phrase. Brusquement, elle s'échappa en courant. Robert n'esquissa pas un geste pour la retenir ou la rattraper.

10

Les critiques furent dithyrambiques et unanimes. Certains acteurs de tempérament particulièrement superstitieux s'alarmèrent même d'un tel triomphe. C'était trop beau pour durer, affirmaient-ils en tirant de sombres prévisions pour l'avenir et en se préparant à subir des revers de fortune.

Mais Dieu merci, il ne survint aucune catastrophe. Laura reçut un long télégramme de Jimmy, qui se félicitait de l'avoir persuadée de s'engager avec Robert pour la saison. Comme d'habitude, leur imprésario s'attribuait une large part de leur mérite et de leur réussite! commenta Robert en riant, lorsqu'elle le lui montra.

Leurs rapports étaient calmes et polis en surface, mais uniquement pour sauver les apparences et étouffer les commérages de la troupe. Car si les acteurs avaient soupçonné ce nouveau rebondissement dans leurs relations, ils n'auraient pas manqué de jaser sur leur compte, et l'ambiance serait vite devenue irrespirable.

Lorsqu'ils se rencontraient par hasard, dans les couloirs de l'hôtel, par exemple, Robert toisait sa femme avec un mépris glacial, et n'esquissait jamais l'ombre d'un sourire, sauf en public.

Affreusement malheureuse, Laura faillit téléphoner à Jimmy pour rompre le contrat. Mais Robert aurait tout mis en œuvre pour l'en empêcher et seule la peur qu'il se mît en colère la retint.

Après leur bref séjour à Whitbury, ils partirent vers l'étape suivante, un autre théâtre provincial où ils remportèrent un succès comparable à celui de la générale. Le lendemain matin, au petit déjeuner, Polly apparut, absolument radieuse.

– Tu as l'air dans une forme éblouissante! remarqua Laura en la dévisageant avec curiosité. Tu es heureuse?

– Yates m'a invitée, à midi. Tu ne m'en veux pas si je ne déjeune pas avec toi comme convenu?

Son amie éclata de rire.

– Quelle question! Je suis très contente pour vous deux.

– C'est un peu grâce à toi si Yates a finalement réussi à surmonter son chagrin, confia Polly d'une voix hésitante. Il essaierait de faire ta conquête, je crois, s'il entrevoyait une chance de succès, même infime.

Elle soupira, puis releva le menton avec un sourire joyeux.

– Mais il faudrait être aveugle pour ne pas se rendre compte de ton amour exclusif pour Robert! Heureusement, Yates est très clairvoyant!

– Je désespérais de le voir se rapprocher de toi, murmura Laura. Je suis bien contente de ce dénouement. Depuis quand es-tu amoureuse de lui, Polly? As-tu eu le coup de foudre, ou tes sentiments ont-ils évolué petit à petit, au fil des jours?

– Je ne me souviens même plus... Il y a si longtemps... Au début, il m'exaspérait. Mais un beau matin, en réfléchissant, j'ai découvert que cette irritation de surface me servait à dissimuler une attirance beaucoup plus troublante et dérangeante... C'est curieux, n'est-ce pas, de confondre l'amour avec la rage?

– Oui, acquiesça Laura pensivement.

Les propos de Polly résonnaient dans son esprit avec une acuité particulière. Combien de fois n'avait-elle pas ressenti elle-même une colère cuisante et amère devant certains actes de Robert? Pourtant, justement, l'intensité de sa fureur témoignait de sentiments profondément enracinés au fond de son être et y répondait comme un écho...

Au cours des jours et des semaines suivantes, Laura observa avec un plaisir manifeste l'évolution des rapports entre Polly et Yates. Ils passaient ensemble le plus clair de leur temps, et la jeune fille s'épanchait souvent auprès de Laura, car elle avait besoin de parler et de se confier à quelqu'un qui comprendrait ses états d'âme. Ce fut pour Polly une période riche de découvertes et d'espoir, mais aussi pleine d'émoi et de trouble.

De toute évidence, Yates était prudent et se tenait sur ses gardes. Il avait trop souffert de sa précédente expérience de l'amour pour abandonner tout de suite sa méfiance. Cependant, peu à peu, il devint plus doux et abordable, et se livra davantage.

– Il est très naïf, d'une certaine manière, remarqua Polly d'un air attendri. C'est un sentimental, sous ses allures de blasé insensible et indifférent.

– Il a besoin d'amour, acquiesça Laura.

– Comme nous tous!

Laura soupira. Polly avait raison, mais chacun s'obstinait à masquer cette vérité à ses propres yeux et à ceux des autres, de peur sans doute de paraître trop vulnérable... Elle-même désirait ardemment une réconciliation avec Robert. Pourtant, son orgueil l'empêchait de faire le premier pas... Puisqu'il l'écrasait de son mépris, eh bien, elle ne s'humilierait pas devant lui!

Il leur était très difficile de jouer ensemble, car le dialogue tendu de leurs personnages reflétaient étrangement leur situation personnelle. Chaque soir, quand Robert la prenait violemment dans ses bras et l'embrassait, elle se sentait malgré elle fondre de bonheur. Son cœur se serrait douloureusement. Elle aurait donné n'importe quoi pour oublier le public, le reste de la pièce, et pouvoir s'abandonner sans retenue à son étreinte, avec l'ardeur passionnée qui la consumait. D'ailleurs, certaines fois, elle avait du mal à dominer son trouble, après la scène du baiser.

Robert s'en rendait-il compte? Ou affectait-il simplement de ne rien remarquer?

Il ne lui avait plus jamais reparlé de l'annulation de leur mariage... Avait-il, de nouveau, changé d'avis, ou s'en tenait-il à sa décision de suspendre la procédure de divorce? Qu'importait à Laura, maintenant?... Plus rien ne comptait, à ses yeux, sauf la douleur qui pesait sur sa poitrine comme une chape de plomb.

Trois jours avant Noël, elle s'éveilla en ayant mal à la gorge, et un sentiment de grande lassitude qui s'accrut tout au long de la journée. Prise d'une migraine atroce qui lui enserrait les tempes, elle dut avaler plusieurs cachets avant la représentation du soir.

Robert la rencontra dans le couloir, juste avant le lever de rideau.

– Es-tu malade? Tu es blanche comme un linge!

– Non, je vais très bien, protesta-t-elle faiblement.

– Tu n'en donnes pas l'impression!

Elle haussa les épaules.

– Un petit rhume, sans plus.

– Ah bon?

Il la ramena dans sa loge et posa une main sur son front brûlant.

– Tu as de la fièvre! Tu es malade!

– Ce n'est rien de grave, en tout cas, se récria-t-elle avec un faible sourire. Tout ira bien.

Puérilement, elle eut soudain envie de poser sa tête contre la poitrine de Robert et de s'abandonner dans ses bras. Pourquoi ne la laissait-il donc pas tranquille, au lieu de la tourmenter?

La cloche retentit. Il la regarda pensivement, d'un air indécis. Mais ils ne pouvaient guère rester là toute la nuit à parlementer... Il suivit Laura vers les coulisses avec une inquiétude manifeste.

La représentation se déroula parfaitement bien, comme d'habitude. La fébrilité de Laura empira au cours du spectacle, mais ne l'empêcha pas de se montrer brillante. En fait, elle donna ce soir-là une interprétation particulièrement vibrante de son rôle, surtout dans la scène finale. Au moment du baiser, Robert la dévisagea anxieusement.

– C'est de l'inconscience de jouer dans cet état! chuchota-t-il à son oreille.

Laura entendit les applaudissements du public dans une sorte d'hébétude, et serra nerveusement la main de Robert. La tête lui tournait, à présent, et le sang battait sourdement contre ses tempes.

Après les rappels, son mari la prit vivement dans ses bras pour la porter dans sa loge.

– Que se passe-t-il? s'enquit Polly. Elle est rouge comme une pivoine!

– Il faut appeler un docteur, commanda-t-il.

– Inutile, articula Laura avec effort

– Cela suffit! Tu n'as plus droit à la parole, à présent. C'est moi qui décide.

Le médecin arriva dix minutes plus tard, et diagnostiqua une angine.

– Il faut garder le lit, lui prescrivit-il. Rester au chaud, vous soigner et dormir.

Robert la reconduisit à Londres, dans son appartement vide et froid après leur longue absence de la capitale.

– Tu ne pourras pas passer Noël en famille comme prévu, j'en ai peur, déclara-t-il. Il te faudra demeurer ici.

Il la laissa se déshabiller, puis revint dans sa chambre avec une bouillotte, après avoir allumé le chauffage. Morte de fatigue, Laura se glissa avec joie dans son lit douillet. Robert borda les couvertures, avec une prévenance attentive, puis s'esquiva à nouveau dans la cuisine pour lui préparer une boisson chaude. Lorsqu'elle eut avalé ses cachets, il commanda fermement :

– Maintenant, dors. Ne t'inquiète pas pour la pièce. Ta doublure est tout à fait capable d'exécuter une représentation honorable, et elle te sera éternellement reconnaissante de lui avoir donné la chance de sa vie!

– Transmets-lui mes vœux de réussite, chuchota-t-elle avec un pauvre sourire.

Tout à coup, sans même s'en rendre compte, elle sombra dans le sommeil. Robert resta là un moment à la contempler pensivement, puis il se pencha pour déposer un baiser sur son front, éteignit la lumière, et partit.

Une violente quinte de toux réveilla Laura de bonne heure, le lendemain. La gorge sèche, elle s'apprêta à se lever pour chercher un verre d'eau, mais eut l'agréable surprise de découvrir un pichet de citronnade sur sa table de nuit.

Quand Robert entendit du bruit dans la chambre, il l'y rejoignit.

– Tu es là! s'exclama-t-elle avec un sursaut d'étonnement. Mais... Où as-tu dormi?

– Sur le divan. Il est très confortable! Comment te sens-tu? s'enquit-il en lui prenant le pouls.

– Beaucoup mieux.

– Veux-tu une tasse de thé?

– Avec grand plaisir. Mais ne dois-tu pas repartir bientôt pour Highbridge?

– J'ai le temps, jusqu'à ce soir. Il me faut seulement trois quarts d'heure, en voiture. Je vais rester là pour te tenir compagnie. A propos, Emily m'a donné sa démission, hier. Yates lui a tout raconté, au sujet de Cara, et elle a très mal supporté la vérité.

– Oh, pauvre Emily! s'exclama Laura d'un air consterné. Comment Yates a-t-il pu être aussi méchant avec elle?

– Il a eu raison. C'était encore bien plus cruel de lui laisser ses illusions. Il fallait obliger Emily à affronter la réalité en face. Elle nourrissait une haine féroce à mon égard et commençait à ressentir une amère rancune contre toi. Yates et moi nous en sommes rendu compte à temps. Il vallait mieux éclaircir la situation.

– Pauvre Emily...

– Je lui aurais demandé de jouer les garde-malades, mais ce n'est plus possible...

– Ne te tourmente pas pour moi, je me débrouillerai. Je vais déjà beaucoup mieux, aujourd'hui.

– Ta température a baissé, c'est vrai, mais tu me parais encore très faible.

– Je resterai au lit, bien sagement. Je n'ai besoin de rien. De toute façon, je n'ai pas faim.

– Tu n'as pas de chance. Tomber malade le jour de Noël!

– On n'y peut rien, c'est ainsi, déclara-t-elle avec philosophie.

Il la quitta un peu plus tard, dans l'après-midi, après lui avoir préparé un potage léger pour son déjeuner. Elle somnolait, lorsqu'il vint lui dire au revoir, et sombra bientôt dans un profond sommeil.

Quand elle se réveilla, il faisait nuit. Assoiffée, elle étendit la main vers la table de nuit, mais fit maladroitement tomber son verre, qui se brisa par terre.

Elle poussa un gémissement plaintif et prit peur en

entendant du bruit dans le salon. La porte s'ouvrit brusquement.

– Laura! Tout va bien?

– Robert! Attention! Il y a des morceaux de verre sur le plancher...

Il alluma la lumière et ramassa délicatement les débris.

– Veux-tu de l'eau, ou préfères-tu une boisson chaude? lui demanda-t-il en revenant de la cuisine.

Laura fut surprise de ressentir soudain des tiraillements de faim à l'estomac. En réalité, elle n'avait rien mangé de solide depuis deux jours...

– Je prendrais volontiers un thé avec un toast beurré! s'écria-t-elle.

Puis, s'étonnant soudain de la présence de Robert, elle ajouta :

– Que fais-tu ici? Il ne fallait pas revenir. Tous ces trajets vont t'épuiser!

– Ne t'inquiète pas. Il reste seulement une représentation avant Noël. Ensuite, je me reposerai.

– Tu es très gentil. Merci, murmura-t-elle avec reconnaissance.

– Tu es ma femme, après tout...

Laura ne répondit rien. Ils étaient mariés, en effet, mais dans le cas présent, cela ne signifiait pas grand-chose... A contre-jour, le visage dissimulé dans la demi-pénombre, il la contempla un instant en silence.

– Que dirais-tu d'un œuf à la coque? suggéra-t-il.

Elle se mit à rire.

– En plein milieu de la nuit?

– Pourquoi pas? En fait, il est 5 heures du matin.

– Oh! Je suis confuse de t'avoir réveillé!

– Ce n'est pas grave. J'étais seulement assoupi, l'assura-t-il.

A nouveau, il s'éclipsa dans la cuisine. Nettement plus

reposée, Laura ferma les yeux avec un soupir de contentement. Ses courbatures avaient miraculeusement disparu, ainsi que son mal de gorge.

Robert rapporta un plateau bien garni et s'attabla avec elle, en approchant une chaise.

– Je n'ai pas dîné, hier soir, avoua-t-il. J'ai un peu faim, moi aussi!

Ils dévorèrent tous les deux de bon appétit, en se lançant de temps à autre des regards complices et amusés.

– C'était délicieux! s'écria Laura quand elle eut terminé.

Tout en buvant sa tasse de thé, elle savoura lentement le calme et le bonheur de cet instant paisible. Robert et elle avaient tacitement conclu une trêve, semblait-il, et avaient enfin cessé de s'insulter et de s'acharner l'un contre l'autre comme des ennemis impitoyables...

– Il faut te reposer, à présent, commanda-t-il doucement en reprenant le plateau.

Elle lui sourit d'un air obéissant, les paupières mi-closes. Un instant, elle crut qu'il allait se pencher pour l'embrasser, mais il la laissa et s'éclipsa sur la pointe des pieds. Un peu déçue, elle se renfonça dans ses oreillers et s'endormit.

Quelques heures plus tard, dans la matinée, ils prirent ensemble un deuxième petit déjeuner. Laura était quasiment guérie, maintenant, et n'avait plus du tout de fièvre.

– Qu'allons-nous faire, à Noël? interrogea Robert joyeusement.

– « Nous »? répéta Laura sur un ton étonné, le rose aux joues.

– Tu seras toute seule ici, n'est-ce pas? Verrais-tu un inconvénient à ce que je te tienne compagnie? Ce serait ridicule de passer cette journée de fête chacun de son côté, en solitaire...

Elle hocha lentement la tête, puis lui adressa un sourire hésitant.

Je... Cela me ferait très plaisir...

Il se contenta d'acquiescer et partit sans un mot. Une heure plus tard, elle l'entendit rentrer et s'affairer dans la cuisine. Il apparut peu après avec une tasse de chocolat et des biscuits.

– J'ai acheté un canard, annonça-t-il gaiement.

– Un canard! s'écria-t-elle, incrédule. Mais tu ne sauras jamais le préparer!

– Ce n'est pas très compliqué, il suffit de le mettre au four! rétorqua-t-il.

Elle éclata de rire.

J'ai hâte de voir le résultat!

– Tu verras, mes talents culinaires te surprendront, protesta-t-il, vexé. Les femmes ne sont pas seules à être des cordons bleus. D'ailleurs, les plus grands chefs sont des hommes!

Tu es un horrible phallocrate! le taquina-t-elle gentiment. En tout cas, je compte bien me lever pour t'aider!

Je m'y oppose formellement, déclara-t-il avec fermeté. Tu es encore en convalescence!

Dans l'après-midi, après son départ, Laura mit sa robe de chambre et s'installa dans le salon pour envelopper dans un joli papier ses cadeaux de Noël, achetés en avance, heureusement. Puis elle les cacha soigneusement, jusqu'au lendemain.

Robert avait décoré la pièce, et elle contempla avec un étonnement attendri le petit sapin posé dans un coin, et les guirlandes accrochées aux murs, avec des branches de houx et de gui.

Comme c'était gentil à lui de s'être donné tant de mal! songea-t-elle, émue. Il avait réussi à prêter au salon des allures de fête. Que de charmantes attentions il déployait!

Ils passeraient ensemble un Noël mémorable, qu'elle n'oublierait jamais... Confiante et rassérénée, elle retourna se coucher d'un cœur léger.

Le lendemain matin, Robert lui servit un copieux petit déjeuner.

– Tu as besoin de manger pour reprendre des forces, déclara-t-il.

– Et toi?

– J'ai déjà déjeuné. Excuse-moi, je dois retourner à mes fourneaux. Je suis très occupé!

– Le canard? demanda-t-elle, amusée.

– Je l'ai fourré à l'orange, annonça-t-il fièrement. Qu'en-dis-tu?

– Incroyable! admit-elle. Tu me surprends beaucoup!

Il lui pinça affectueusement la joue.

– Attends de passer à table, tu seras muette d'admiration!

Il s'éclipsa avec une mine de conspirateur. Effectivement, un délicieux fumet chatouillait agréablement les narines de Laura. Elle faillit aller l'aider, mais se ravisa, pour ne pas gâcher son plaisir. Il avait l'air tellement content de son exploit...

Malgré les protestations de Robert, elle insista pour se lever. Un peu chancelante, elle fit un brin de toilette et revêtit un ravissant négligé de tulle bleu.

– Tu es splendide! s'exclama Robert lorsqu'elle le rejoignit dans le salon.

Troublée par son regard, elle baissa timidement les yeux. Elle avait acheté cette tenue juste avant leur mariage, pour leur lune de miel...

– Tu as assez chaud? s'enquit-il, plein de prévenance. Viens t'asseoir près du feu. Veux-tu une couverture? Un châle, peut-être?

Cesse de me traiter comme une malade! Je suis guérie! s'écria-t-elle impatiemment.

Elle aperçut alors des paquets posés au pied du sapin. Robert suivit son regard. Elle hésita, puis déclara :

– Moi aussi, j'ai des cadeaux pour toi...

Elle se releva pour aller les chercher et les plaça à côté des autres. Quelle gaîté merveilleuse régnait dans cette pièce, tout à coup! Pour la première fois, elle eut l'impression d'habiter dans une vraie maison, chaude et accueillante, et non dans un endroit provisoire, impersonnel.

– Nous les ouvrirons après manger, décréta-t-elle.

– Pourquoi pas maintenant?

– Non! s'écria-t-elle vivement. C'est tellement plus excitant d'attendre!

Le repas fut un succès. La chair du canard, fondant à souhait, était cuite à point, et la sauce à l'orange succulente. Laura se régala et ne tarit pas d'éloges sur cette brillante réussite.

Au lieu du traditionnel pudding, Robert avait acheté une brioche, et confectionné une salade de fruits exotiques.

Il avait même pensé à observer la coutume des pétards de Noël, qu'il firent éclater en poussant de grands cris de joie. Ils s'amusèrent comme des enfants en lisant les devinettes cachées à l'intérieur et rirent à perdre haleine en se coiffant des ridicules chapeaux en papier, contenus dans les pochettes surprises.

– Tu es contente? demanda Robert subitement.

Elle hocha la tête gravement.

– Et toi?

– Je n'ai pas passé un Noël aussi heureux depuis des années, déclara-t-il avec un sourire nostalgique.

Puis ils ouvrirent leurs cadeaux. Laura fut comblée. Il lui avait offert une gravure de l'époque victorienne, représentant le château de Windsor, une écharpe en soie, dans des tons pastel, très doux, et une grande tasse en faïence, avec son nom en grosses lettres jaunes, pour les pauses-thé des répétitions, au théâtre. Mais surtout, un splendide collier d'or et d'ambre l'enchanta.

Pour Robert, elle avait fait l'acquisition d'une très belle édition reliée en cuir des poèmes de Shelley, des gants en chevreau, et d'un jeu d'échec très original, dont les pièces représentaient les personnages d'Alice au pays des merveilles.

Ils échangèrent des mercis émus, et des sourires débordant de gratitude. Puis ils entreprirent de ramasser les rubans et les papiers éparpillés sur le tapis, avant de se rasseoir douillettement sur le divan.

– Veux-tu jouer aux échecs? suggéra Robert.

– Je suis nulle! répondit-elle en riant. Mais j'accepte, si tu me promets d'être patient.

– J'ai tellement hâte de manipuler ces pièces magnifiques! Tu m'as vraiment trop gâté...

– Je suis ravie que cela te plaise car j'ai beaucoup hésité.

Leur partie fut très brève, Laura étant effectivement très mauvaise à ce jeu.

– Je te donnerai des cours particuliers! la taquina-t-il en replaçant soigneusement les pièces dans leur coffret.

Dans un soudain élan de tendresse, il la prit dans ses bras et se mit à lui caresser délicatement les cheveux. Retenant son souffle, elle attendit, le cœur battant, sans oser bouger. Robert effleura sa joue, puis saisit son menton entre le pouce et l'index et la regarda droit dans les yeux.

– Laura... Ma chérie... Sais-tu combien je t'aime?

Il pencha la tête, et leurs lèvres se rejoigirent, dans un baiser passionné. Abandonnant sa réserve, Laura noua ses mains sur la nuque de Robert, timidement d'abord, puis avec plus d'assurance, elle enfouit ses doigts dans ses cheveux bruns.

Lorsqu'il se redressa, elle était rose d'émotion, et se mit

à rire nerveusement pour cacher son trouble. Une flamme ardente dansait au fond des yeux de Robert. Tout en la scrutant intensément, il déclara :

– Nous ne pouvons pas continuer ainsi, Laura. Il faut absolument éclaircir la situation. J'espère toujours une amélioration dans nos relations, une réconciliation définitive, mais chaque fois un événement inattendu surgit à l'improviste pour briser mes rêves de bonheur. Ma chérie... Je t'aime. Mais toi, qu'éprouves-tu pour moi? Il me semble parfois que mes sentiments sont réciproques, mais je n'en ai encore jamais eu l'entière certitude...

– Oui, Robert, je t'aime, du plus profond de mon être. Il en a toujours été ainsi, dès le premier instant où je t'ai vu, et je ne cesserai jamais de t'aimer. Tu peux en être sûr.

– Nous avons traversé beaucoup d'épreuves. Que d'embûches se sont dressées sur notre chemin!

– Cara, par exemple? Je regrette de m'être enfuie aussi impulsivement, sans t'avoir laissé le temps de te défendre et de m'expliquer la vérité, avoua Laura honteusement. J'en ai éprouvé par la suite un remords cuisant. Mais si j'ai agi ainsi, aussi sottement, c'est uniquement parce que j'étais ulcérée par la souffrance. J'étais folle de douleur et de jalousie... Tu me pardonnes, j'espère?

Il hocha la tête.

– Je comprends mieux ton attitude avec Yates et Monk, à présent, remarqua-t-il. C'était une façon de te venger de mon aventure avec Cara, n'est-ce pas? Heureusement, il nous est possible d'oublier ces incidents. Il n'est pas trop tard pour prendre un nouveau départ et tout recommencer à zéro. Faisons comme si nous nous étions mariés aujourd'hui; vivons maintenent notre lune de miel...

Il déposa un baiser sur son front, puis sa bouche glissa jusqu'à son oreille.

– Que penses-tu de ma suggestion? Es-tu d'accord?

Immobile, très raide, Laura demanda :

– Et le divorce, l'annulation du mariage? Où en est toute cette affaire? Après notre dernière querelle, tu as probablement renouvelé les démarches pour obtenir une séparation...

– Non... Il m'est venu toutes sortes d'idées étranges à ce sujet, confia-t-il. J'ai même eu envie de divorcer légalement afin de tourner la page définitivement et de pouvoir t'épouser une deuxième fois, pour effacer tous ces mauvais souvenirs! Mais ce projet était un peu ridicule et puéril, j'en conviens. Nous sommes mariés, pour le meilleur et pour le pire, n'est-ce pas? Faisons de ce merveilleux jour de Noël le symbole d'un renouveau. Notre bonheur tout neuf commence bien, tu ne trouves pas?

Elle se blottit contre lui et appuya la tête contre sa poitrine, heureuse et ravie jusqu'à l'extase. Les mots lui manquaient pour exprimer sa joie. Toute tremblante d'émotion, elle se mit à bredouiller confusément :

– Robert chéri...

– Tendre, adorable, douce Laura... chuchota-t-il en caressant son visage.

– Je ne vais pas te transmettre mes microbes, j'espère...

Robert éclata de rire.

– Je me moque éperdument de tomber malade! De toute façon, tu me soignerais, n'est-ce pas? Je serais ravi d'être choyé par une si jolie infirmière! Et puis, dans un couple, on doit tout partager...

Il la prit sur ses genoux et commença à l'embrasser avec une ardeur fougueuse et passionnée. Entre ses baisers, il murmurait son nom avec ferveur. . Avec un frémissement de tout son être, Laura passa les bras autour de son cou. Elle n'eut soudain plus conscience du monde extérieur. C'était comme si le temps était complètement aboli. Rien ne comptait plus désormais, que l'étreinte rassurante de Robert et la chaleur de ses lèvres sur les siennes.

Un instant, Laura rouvrit les yeux. Le crépuscule avait envahi la pièce et les ombres nocturnes s'allongeaient lentement. Très doucement, il se mit debout, et la tira par la main. Au seuil de la chambre, il la souleva dans ses bras pour la porter jusqu'au grand lit, où, désormais, ils dormiraient ensemble.

Submergée par une vague de bonheur ineffable, Laura baissa les paupières en songeant aux promesses de la nuit à venir, et à l'enchantement de son existence future aux côtés de Robert, son mari.

LE MOIS PROCHAIN DANS

★SERIE AMERICAINE★

Les yeux de l'amour, de Zelma Orr

Lorsque Jonathan renverse cette jeune fille incroyablement imprudente, qui ne semble même pas consciente des dangers de la circulation automobile, il entre dans une colère noire. Il le regrette bien vite : elle s'appelle Kelly O'Neil et elle est aveugle... Pourtant, c'est Kelly qui se met à son tour à nourrir des regrets. Elle s'était bien promis de garder ses distances... et elle tombe sous son charme, sans le connaître, sans même l'avoir vu. Une question la hante désormais. Comment réagira-t-il quand il découvrira que ses yeux ne sont pas bruns, mais verts, et qu'elle n'est pas aveugle ?

En quête d'images, de Deirdre Mardon

Enfant adoptée, Claudia veut retrouver sa vraie mère. Mais pourquoi les portes se ferment-elles une à une, à fur et à mesure de ses recherches ? Quel mystère entoure donc sa naissance ? Un hasard plutôt cocasse la met en présence d'un célèbre avocat, Austin Harwood. Il défend une affaire criminelle dont elle surprend le secret. En échange de son silence, il s'engage à mener l'enquête sur ses origines. Marché apparemment simple où des rebondissements inattendus vont semer le trouble...

Achevé d'imprimer le 10 juin 1984
sur les presses de la Société Nouvelle Firmin-Didot
Mesnil-sur-l'Estrée

N° d'imprimeur : 0657
N° d'éditeur : 240
Dépôt légal : Juillet 1984

Imprimé en France